10
18

12, AVENUE D'ITALIE. PARIS XIIIe

Sur l'auteur

D'origine géorgienne, Kéthévane Davrichewy est née à Paris, où elle vit. Après avoir publié de nombreux ouvrages pour la jeunesse, et un premier roman en 2004 (*Tout ira bien*, Arléa), elle a puisé dans la mémoire familiale et l'expérience de l'exil vécue par ses grands-parents la matière de *La Mer noire*, distinguée par le prix Landerneau 2010 et le prix Version Femina/Virgin 2011. *Les Séparées* a paru chez Sabine Wespieser éditeur et a remporté un grand succès.

KÉTHÉVANE DAVRICHEWY DAVRICHACHVILI

LES SÉPARÉES

10/18

SABINE WESPIESER ÉDITEUR

Du même auteur
aux Éditions 10/18

LA MER NOIRE, n° 4438

ISBN 978-2-264-05928-4

Pour Thomas

Le visage de François Mitterrand se dessinait peu à peu sur l'écran de télévision. Ses parents, leurs amis bondissaient hors des canapés, poussaient des hurlements. Alice fixait Cécile, qui sortit de la pièce, la démarche nonchalante tranchant au milieu de l'hystérie collective. Ses sœurs la saisirent maladroitement, lui piétinèrent les pieds. Ses grands-parents s'étaient levés, la serrant jusqu'à l'oppresser. Alice ne distinguait plus les visages, ne décelait aucune expression, les individus familiers qui composaient le dîner quelques instants auparavant ne faisaient plus qu'un. Elle fut entraînée dans une danse titubante qui occupa l'espace du salon-salle à manger-cuisine de l'appartement où ils vivaient. Leurs cris faisaient écho à ceux de la rue, aux commentaires des présentateurs de télévision.

Alice parvint à se détacher de la cohue et se réfugia près de la fenêtre. Sur le boulevard, une foule avait envahi les trottoirs, les voitures ralentissaient, klaxonnaient, les conducteurs et leurs passagers avaient baissé les vitres, se penchaient au-dehors, brandissaient des pancartes, agitaient les bras, les mains. La fièvre, la fierté, contagieuses, l'envahirent. Ils avaient gagné.

Puis l'euphorie retomba, chacun s'assit, reprit son souffle. Alice rejoignit Cécile dans la chambre. Une petite pièce, meublée de trois couchages, trois bureaux escamotables, trois tables de nuit identiques, qu'elle partageait avec Salomé et Nine.

Allongée sur le lit d'Alice dans la position du fœtus, Cécile feuilletait l'anthologie de la poésie française, dont les pages étaient froissées, presque déchirées à force d'avoir été consultées. Elles avaient ensemble souligné des vers, coché des passages pour préparer le bac de français, mais aussi pour se rappeler les extraits de leurs poèmes préférés. Patti Smith, dont la voix grave résonnait sans relâche dans l'intimité des salles de bains, recopiait dans des carnets l'intégralité des poèmes qu'elle aimait. Alice et Cécile l'imitaient, espérant fébrilement inventer un jour, à leur tour, un autre monde. Devenir des artistes.

— Tout ça te gêne ? demanda Alice.

— Oui, répondit Cécile sans lever les yeux.

Elle n'aurait pas eu besoin de répondre, Alice devinait et comprenait sans les mots. Cécile se redressa et se tourna enfin vers elle.

— Tu n'appelles pas ta mère ? demanda Alice.

— Elle doit être dans le même état que tes parents, répondit Cécile, qu'elle se défoule.

Et elle se mit à rire. Les rires de Cécile étaient rares et fusaient au moment où on ne les attendait plus.

— Tu imagines la tête de mon père, dit-elle. Les socialistes ! Cette plaie. Il doit déjà échafauder toutes sortes de ruses pour mettre son argent à l'abri, ma belle-mère avait peur de la victoire.

— Ils ont tant d'argent que ça ? dit Alice.

Cécile haussa les épaules.

— Je ne sais pas, en fait. Je m'en fous.

Alice hocha la tête.

Sa mère apparut sur le seuil de la porte, légèrement bancale, comme si elle ne tenait plus sur ses jambes.

— Les filles, nous partons. Vous gardez Salomé et Nine, je compte sur vous.

— Vous allez où ? J'aimerais venir, s'écria Alice.

Mais Cécile avait déjà acquiescé, rester avec les petites lui convenait. Alice n'insista pas. Les adultes désertèrent l'appartement. Elle colla son front contre la vitre. Salomé, Nine et Cécile discutaient. Alice ne les écoutait pas mais aimait les entendre. L'ambiance de la rue avait changé. Tout semblait plus calme. Quelques passants égarés, le ciel assombri. Il allait pleuvoir.

Le sang d'un condamné à mort
C'est du sang d'homme, c'en est encore
C'en est encore

Les disques de Julien Clerc passaient en boucle. Dès qu'elles étaient seules, Alice et ses sœurs montaient le son. Les chansons du dernier album faisaient l'unanimité alors que leurs goûts différaient en tout. Elles se mirent à hurler :

Mais elle est
Ma préférence à moi

Le lendemain, les images de la Bastille furent retransmises à la télévision. Ses parents étaient au premier rang, hilares sous la pluie. Dans l'école catholique où elle était inscrite pour sa proximité plus que par conviction religieuse, cela fit sensation.

Alice se réjouit de prendre part à un mouvement historique, puis les réflexions fusèrent. Elle était passée dans le camp ennemi. Les familles de la plupart de ses camarades étaient prêtes à quitter le pays, Alice se risqua à argumenter, créant des tensions inutiles. Les épreuves de français approchaient.

Elle cessa de parler politique en classe. Cécile et elle se consacraient à leurs projets artistiques et s'aimaient tendues vers le même idéal dont le visage leur échappait mais qui les aspirait.

Trente ans plus tard, le 10 mai 2011, le mari d'Alice vidait les placards, retirait des livres, des bibelots, laissant des étagères vides, des espaces creux. Ce matin-là, il boucla ses cartons et les emporta. Il lui rendit la clé. Il avait mis du temps à accepter d'emménager ailleurs.

Elle s'était levée tôt. Elle se tenait au milieu du salon, immobile, courbatue. Rien ne lui semblait réel, ni irréel non plus. Elle était quelque part entre les deux, flottant dans la pièce aux contours familiers, qui lui semblait soudain étrangère et hostile. Il lui était impossible de savoir ce qu'elle ressentait, ni même si elle ressentait quelque chose. Elle n'avait pas pleuré quand le processus de destruction avait commencé, elle était restée stupéfaite, s'accrochant aux ponctuations quotidiennes, à des actions précises, pulsations de ses journées. Se lever tôt même si elle ne devait plus se rendre au bureau (on l'avait licenciée quelques mois plus tôt), croiser les enfants bien que son fils et sa fille n'aient plus besoin d'elle, prendre sa douche, s'habiller, descendre acheter le journal, s'asseoir au café, le lire – une activité nouvelle dans une vie nouvelle –, faire la liste de la suite, des impératifs professionnels et non professionnels, les effectuer, répondre à sa mère, à ses sœurs, aux amis qui s'inquiétaient pour elle. Alice ne savait pas quoi leur dire, la stupeur n'a pas de langage.

Ce jour-là, les kiosques regorgeaient de magazines retraçant les années Mitterrand. Elle choisit le plus volumineux et s'attabla à une terrasse. Le mois de mai était particulièrement doux, dans l'air flottait un parfum estival. Les fleurs, écloses prématurément, commençaient à se détacher des branches, recouvrant le square d'un tapis inégal. Elle commanda un café, des viennoiseries, leur goût avait un effet anesthésiant.

— Vous êtes insatiable, vous alors, dit la serveuse en posant l'assiette devant elle avec un sourire satisfait.

Elle ne céda pas au sentiment de culpabilité que ce sourire suggérait, prit une bouchée de pain au chocolat. Elle pensa à Cécile. La haine, pernicieuse, avait laissé place à un sentiment tiède qu'elle ne nommait pas, mais qui la taraudait parfois. On était le 10, l'anniversaire de Cécile était le 17. Elle avait « refait sa vie », lui avait-on dit, une drôle d'expression.

Longtemps, elle l'avait vue partout, devant une vitrine, au coin d'une rue, sur le trottoir d'en face, la silhouette menue et gracile, les cheveux bruns, lisses et brillants, un geste que Cécile faisait souvent. Puis la personne avec laquelle elle l'avait confondue se rapprochait, et Alice recommençait à respirer normalement.

Quand elles se croisaient réellement, ce n'était pas ce qu'Alice avait imaginé. Elles échangeaient quelques mots embarrassés ou fielleux.

Le plus souvent, elle s'efforçait de ne pas penser à Cécile. Ou, au contraire, elle s'y obligeait, car l'oubli était indigne. Peut-être était-il tout simplement impossible. Leurs vies avaient été trop intimement liées pour que son inconscient la libère. En serait-il de même pour David ? Leur mariage s'était transformé avec les années. Leur union incarnait un lien de sang et de chair indissociable de la femme qu'elle était devenue. Elle ne savait plus si elle avait choisi ce lien et ignorait comment s'en détacher. Elle ne pouvait songer à son amitié avec Cécile sans se souvenir de l'image forte qu'elles avaient échafaudée et nourrie de tout leur être pendant des années.

Cela faisait cinq ans qu'elles ne s'étaient pas vues. Jusqu'à leur dernier déjeuner. Il était à peine huit heures, Alice sortait de sa douche quand le téléphone avait sonné. Elle avait jeté un regard distrait sur l'écran et hésité à répondre en voyant s'afficher un numéro qu'elle ne connaissait pas.

— Alice ? C'est Cécile.

Elle ne disait plus : « C'est moi », mais « Cécile ». Un prénom qu'Alice avait retiré de son répertoire. Aurait-elle répondu si elle avait su qui appelait ?

— Il faut que je te voie, que je te parle, c'est très important, enfin ça l'est pour moi. Aujourd'hui, si tu as un moment.

— Qu'est-ce qui se passe ? C'est grave ? Je ne peux pas aujourd'hui.

— Tu ne peux pas t'arranger ?

Alice s'arrangea. Elles avaient convenu de se retrouver pour le déjeuner dans un restaurant que Cécile avait choisi. Alice était paisible en se rendant au rendez-vous et s'en étonna. Elle ne put s'empêcher d'alerter ses sœurs, comme si leur dire allégeait la rencontre, en faisait une anecdote parmi d'autres. Elle ne prévint pas son mari. David était déjà parti au bureau et lui aurait conseillé de ne pas y aller. « Quand une relation se termine, il faut savoir l'accepter », disait-il.

Alice était aussi curieuse, un peu inquiète. Qu'y avait-il de si urgent pour que Cécile eût soudain besoin de lui parler ? Elle fantasma un instant sur des retrouvailles émues, un mea-culpa partagé, un drame familial qui les aurait rapprochées. Pourquoi ? Le tragique ne faisait que labourer et creuser des trous béants. Elles l'avaient déjà éprouvé.

Cécile se garait sur une livraison lorsqu'elle arriva devant le restaurant. Alice eut le temps de l'observer à travers la vitre, de composer une expression désinvolte et assurée alors que Cécile manœuvrait, forçant une place trop exiguë.

— Tu n'as pas renoncé à la voiture dans Paris ? demanda Alice sans préambule.

— Non, répondit Cécile. Et, je sais, je suis sur une livraison, ajouta-t-elle comme pour la dissuader de poursuivre une discussion en suspens, qui n'avait plus lieu d'être.

Il aurait été incongru de parler contraventions.

Leurs conversations passées ne s'achevaient pas. Aujourd'hui, Alice n'avait aucune idée de ce qu'elles pourraient se dire. Cécile s'extirpa de la voiture, laissant entrevoir des monceaux de papiers sur le siège arrière, un paquet de gâteaux, un plan de banlieue gondolé, un trognon de pomme. Alice trouva sale ce qui, il y a des années, lui paraissait un affable désordre. Cécile claqua la portière, enclencha la fermeture, leva les yeux vers elle sans expression particulière, puis s'assura qu'elle avait bien fermé en appuyant à nouveau sur le bip. Alice retint un commentaire. Cécile avait des manies névrotiques. Elle ne regarda pas Alice. Elles ne s'étreignirent pas.

— Salut, ma belle, dit le serveur en embrassant Cécile. Il paraît que tu repars au Brésil ? Tu n'arrêtes pas !

Elles s'assirent l'une en face de l'autre. Le téléphone de Cécile sonna, une sonnerie de porte agressive, elle fit une mimique d'excuses et décrocha en utilisant le kit mains libres qu'elle ne cessa plus de tripoter.

— Tu es bien rentré ? Ça s'est bien passé ?

La voix douce et attentive qui s'adressait à elle autrefois lui sembla mielleuse, le ton que Cécile donnait à sa conversation l'irrita. Loin de la jalousie. De l'exaspération. Cécile portait une tenue sophistiquée et incongrue, ses ongles étaient bleus, elle ne se faisait jamais les ongles auparavant. Alice ne s'était pas déguisée, sa tenue décontractée affirmait sa constance, son intégrité. Cécile l'observait et notait tout. Alice se sentit vulnérable.

Aucune d'elles n'était nerveuse. Mécaniques. Le serveur leur apporta les cartes et fit une blague à laquelle ni l'une ni l'autre ne réagirent. Elles s'absorbèrent dans l'étude du menu.

— Ça va ? dit Cécile. Tu portes les cheveux longs, c'est bien.

— Tu n'as pas changé, dit Alice.

Elle ignorait pourquoi elle avait dit cela précisément alors que le changement était flagrant, perceptible au moindre mouvement de Cécile.

— Vous allez bien, tous ? Il n'est rien arrivé ? demanda Alice.

— Non, tout le monde va bien. Et vous ?

— Oui, chez nous aussi.

L'emploi du collectif les prémunissait contre l'intime.

— Et à l'agence ? Vous vous en sortez ? Il paraît que c'est difficile.

— Non, je ne sais pas qui t'a dit ça, ça va plutôt bien, dit Cécile, même très bien, on est sur un grand projet.

Alice ne demanda pas lequel et s'aperçut que cela lui était égal.

— Toi, ça cartonne. Tes objets sont partout. Tu t'y consacres entièrement ou tu travailles toujours chez Intervalles ?

Cécile ne commenta pas son travail et n'attendait pas de réponse. Cela l'indifférait aussi probablement.

— Pourquoi voulais-tu me voir ?

Cécile déglutit, posa sa fourchette sur l'assiette, but une gorgée d'eau. Alice patientait, elle repéra quelques mèches blanches dans la chevelure brune de Cécile.

— On m'a rapporté ce que tu racontes sur moi et sur Philippe, dit Cécile, et je voulais te demander d'arrêter ça.

— Toi et Philippe ?

— Tu te permets d'interpréter notre relation. Si tu m'as aimée un jour, je voudrais que tu m'oublies.

Alice avait elle aussi entendu des propos qu'elle aurait préféré ignorer. Des petites nuisances insidieuses et persistantes qui l'avaient ébranlée.

— C'est pour ça que tu voulais me voir ? Ça fait bien longtemps que je ne parle plus de vous.

— Il y a des choses à respecter, dit Cécile.

Si Alice avait pu, elle aurait éclaté d'un rire tonitruant et inapproprié, comme une actrice outrancière, et mis fin à ce dialogue absurde. Secouée par l'hilarité, elle aurait fait trembler la table, renversé les verres, déversé le contenu des assiettes sur la robe en satin de Cécile. Le rire comme seule réplique.

— Un coup de téléphone ou un mail aurait suffi, dit-elle calmement.

— C'était important pour moi de te voir, de te dire à quel point tu me blesses.

Le rire l'aurait métamorphosée. La peau fissurée, le nez brisé, les joues lézardées. Cécile lissa ses cheveux méthodiquement, un aveu de fragilité qui touchait Alice autrefois, un geste maniéré, pensa-t-elle alors. Les quelques mèches blanches disparurent.

— Tu ne caches pas tes cheveux blancs ?

— Je n'en ai pas, dit Cécile. Toi, tu t'éclaircis beaucoup, non ?

— J'ai toujours été claire.

Cécile eut une moue dubitative, croisa les bras sur la table, laissant ses mains reposer sur ses poignets. Des mains délicates aux ongles fins et bombés. Celles d'Alice étaient plus larges, vieillissantes, aux doigts plats. Combien de fois avait-elle saisi les mains frêles dans les siennes, brusquant Cécile. Le bleu vif des ongles jurait avec la finesse.

— Tu boucles moins qu'avant, dit Cécile.

Alice garda le silence.

— J'ai vu David à la télé l'autre jour, continua-t-elle. Il grisonne, ça fait bizarre.

— Oui, ça lui va bien.

— Moi, je te respecte, dit Cécile, je me tais quand on vient me dire que David a une double vie.

— Vous désirez un dessert ? On a refait du tiramisu pour toi, chérie, dit le serveur à Cécile.

— Non, merci, répondit Alice, et toi ?

— Juste un café. Tu en prends un ?

Alice acquiesça.

— Deux cafés.

Le rire percutant aurait anéanti Cécile. Un coup de vent aurait balayé la table, les chaises, et son corps, léger comme une plume, à l'autre bout de la pièce.

— Enfin, reprit Cécile, nous parlions de nous et je disais ça pour que tu comprennes.

Comprendre. Quand cesseraient-elles de vouloir débrouiller l'indéchiffrable ?

Elles burent leur café, firent un effort pour échanger quelques paroles sans accrocs, clore le repas, s'effleurer des lèvres devant la voiture. Un effluve familier sur la peau de Cécile. Alice s'éloigna sans se retourner. Cécile détailla-t-elle la silhouette plus haute que la sienne, les hanches rondes ? Alice ravala le rire. Elles ne se revirent pas.

— Salope ! dit Salomé, la double vie de David, de quoi parle-t-elle ? Et tu n'as rien dit ?

— Qu'est-ce que tu voulais que je dise ?

— Pute ! dit David.

— C'est triste, dit Nine. Elle doit aller très mal. Elle me manque parfois.

Alice rêva de Philippe ce soir-là. Cela ne lui était pas arrivé depuis des années. Elle le revit tel qu'il était à vingt ans, les cheveux en cascade autour de son visage, ses yeux la fixant sans relâche, la tache sur la pupille gauche. Puis l'image s'évanouit.

Peu à peu, le déjeuner devint un mirage, disparut. Le ressentiment avec lui. Perdura un ricanement grinçant. Un effroi de l'enfance jamais identifié. Une aliénation tapie dans l'ombre. La défiance. Les années se superposèrent, Cécile n'était plus là mais se terrait dans les méandres de son être.

Alice ouvrit son magazine : l'abolition de la peine de mort, le discours de Badinter, les 39 heures. Elle engloutit le pain au chocolat. Il lui était difficile de déguster, comme d'apprécier l'éclat du printemps. Elle s'absentait, sa propre vie lui échappait. Elle en était spectatrice. Les heures, les minutes, les secondes venaient se fracasser sur une vitre invisible et incassable.

Chère Alice, mon Alice, Alice,

Comment dois-je te nommer désormais ? Il importe peu puisque cette lettre n'en est pas une. Juste une épigraphe éphémère murmurée dans la solitude, sans pouvoir prononcer un mot. Je dois être étendue mais ne perçois pas le contact d'un matelas. Ai-je encore un corps ou ne suis-je plus qu'une dépouille dont l'âme veille un peu ? Autour de moi, on se demande si je suis encore là. « Un coma », ont-ils dit.

La colère qui affleurait lorsque je pensais à toi ne gronde plus. Un flux sourd et violent qui avait pris insidieusement ta place. Je m'adresse à toi sans plus rien ressentir. La rage a-t-elle fini par se retourner ? J'ai souhaité qu'un désastre s'abatte sur ta vie, terrifiée de la force de mes pulsions. Cruelle ironie du sort.

Quelqu'un t'a-t-il avertie ? Dois-tu l'être ? Souhaiterais-je ta venue ? Ou peut-être es-tu là parmi eux ? Suis-je capable d'identifier une voix ? Les garçons, ma mère, Éric, sont-ils réellement dans la pièce ?

Je guette tes pas, ceux de Philippe. Accourrais-tu si tu savais ? Parviendrais-tu à saisir ce que je tente de clarifier pour moi-même dans un reste de lucidité ?

Je ne peux ni parler, ni bouger. Mes paupières sont closes et mes yeux ouverts sur ma mémoire. Ni lumière, ni tunnel. Ma robe en laine tricotée à la main de ce premier matin de maternelle où un élan commun nous avait poussées l'une vers l'autre. La sensation de la maille sous mes doigts, les tiens qui accrochaient tes boucles dorées. Rien n'a déçu nos attentes réciproques. À la fin de la maternelle, on m'avait opérée, « ouvert le cœur ». Ce n'était pas la formule qui t'avait le plus effrayée mais l'idée que mon cœur ne fonctionnerait plus et que tu allais le perdre. Que t'a-t-on raconté quand j'ai repris l'école dans une autre ville ? Quelques cartes postales, quelques dessins, puis nos mères ont laissé tomber une correspondance que nous étions trop petites pour entretenir. Je ne t'ai pas remplacée, je me suis inventé une confidente, un double avec qui partager ma solitude. Je lui parlais tout haut, inquiétant mes proches. Cette sœur imaginaire te ressemblait.

Je t'ai reconnue tout de suite quand nos regards se sont croisés lors de notre entrée en sixième. Un professeur faisait l'appel, les élèves se rangeaient derrière lui. Je n'ai pas douté que nous serions dans la même classe. Tu n'as pas vu en moi la petite fille de la maternelle, mais tu as dit m'avoir choisie. Nous sommes entrées ensemble dans la classe et nous nous sommes assises l'une à côté de l'autre. Nous n'avons pas échangé un mot au cours de la journée, pourtant chaque minute nous rapprochait. L'exaltation nous unissait. Mon premier souffle part de cet instant, le dernier s'échouera là, sur ce banc de collégiennes. Je ne serai plus jamais seule. Après cette certitude, l'émoi amoureux ne fut rien, ni la terreur qu'il m'échappe et me laisse pantelante, inassouvie. Ton amitié faisait rempart. La mienne te suffisait.

On discute autour de moi, le sens des paroles ne m'atteint pas vraiment. Je devine de la détresse. Éric monologue comme s'il ne croyait pas à ma présence dans ce corps inerte. Sur un ton monocorde et pragmatique, il énumère les choses à faire pour maintenir à flot la maison livrée à elle-même, la vie scolaire des enfants. Il est revenu s'installer avec eux depuis l'accident et assure le quotidien. Les gens à l'agence doivent s'adresser à lui, le questionner, Éric doit les rassurer, feindre : je vais m'en sortir, les médecins sont optimistes, il leur faut juste s'organiser provisoirement sans moi. L'informe-t-on de ma désertion ? Je n'allais presque plus au bureau, je ne voulais plus de l'entreprise familiale. Aménager des espaces de travail, construire des bâtiments anonymes me lassait. J'avais pris la décision de partir, je n'en avais pas parlé à Éric, ni à mon père, que j'avais pourtant tenté de prévenir à plusieurs reprises. Toi, tu aurais compris, tu savais, mais tu n'étais plus dans ma vie.

J'ai mis longtemps avant d'envisager de nouveaux projets, de faire le deuil de notre association. Si celle-ci n'a pas abouti, elle a existé, je n'ai pas inventé les heures de travail commun pour la Fondation, un lieu de culture conçu ensemble, un appel d'offres remporté comme architecte et designer, un champ d'investigation infini qui donnait corps à nos serments d'enfants. Ou peut-être m'étais-je emballée ? Les maquettes ne ressemblent-elles pas à des châteaux de cartes ? Les murs de carton s'effondrent, redeviennent des cartes à jouer.

Je dérive, glisse, j'aime ce glissement qui anéantit tout.

Les élèves étaient en uniforme, portaient des sous-pulls et des gilets marine. Pas de garçons dans l'école, ni de couleurs vives. Un jardin, une oasis au milieu de la ville où jouer à cache-cache. Une impression de campagne. L'odeur des buissons, des marronniers et de la terre dans les cachettes rendait la rentrée plus douce. On reprenait l'école le 15 septembre. L'austérité du hall de l'immeuble, l'étroitesse de la cabine d'ascenseur, l'exiguïté de l'appartement heurtaient Alice après les longues heures passées en plein air.

La sixième ne l'effrayait pas, elle restait dans l'enceinte de l'école, la porte à côté. Elle se félicitait de connaître les professeurs et les surveillants, n'aimait pas le changement, avait une seule préoccupation : comment rencontrer des garçons, tomber amoureuse, puisqu'il n'y avait que des filles ?

Elle remarqua tout de suite la nouvelle qui se tenait en retrait, la pose légèrement hautaine, la petite taille, les cheveux sombres et brillants. Alice soutint son regard sans ciller et décida sur-le-champ qu'elle serait son amie. Elle abandonna ses anciennes camarades, se débrouilla pour être assise à côté d'elle, ne reconnut pas le nom de Cécile au moment de l'appel, ne fit pas le lien avec la disparue de la maternelle. Elle l'avait tant pleurée, avaient rapporté ses parents. L'oubli avait été sa consolation.

Cécile était revenue à Paris avec sa mère, son père se mariait pour la troisième fois, et s'installait en province avec une belle-mère. Alice fut fascinée par l'environnement de Cécile. La mère, Madeleine, une militante féministe, organisait des expositions pour une galerie d'art, écrivait un livre, fumait et entretenait deux amants qui, grâce à son ingéniosité, ne se croisaient pas. Madeleine répétait inlassablement qu'on vivait mieux sans homme, ne se posait jamais, ni sur une chaise, ni sur un canapé, semblait en perpétuel mouvement. En rentrant de l'école, Cécile trouvait l'appartement vide, goûtait sagement en faisant ses devoirs au milieu de tas de vêtements, de livres, journaux, paperasses et restes du dîner de la veille. Première de la classe, elle conservait en permanence un livre dans son cartable, dont elle racontait l'histoire à Alice. Ou bien elle lui en prêtait un. Alice devint une lectrice insatiable.

Cécile écoutait les Beatles et, grâce à eux, apprenait l'anglais. Elle prit l'habitude de traduire à Alice une chanson par jour. Cécile aimait Paul McCartney, alors que Madeleine préférait John. Elles s'accordaient à dire qu'ils avaient tous deux du talent, passaient aussi Leonard Cohen, Simon and Garfunkel, Neil Young puis Bach, Schubert, Verdi, Puccini… Alice découvrait un univers. Chez elle, sa grand-mère chantait Aznavour parce qu'il était arménien comme ses ancêtres. Sa famille n'écoutait pas de musique mais des chansons. Son grand-père fredonnait Trenet, ses parents Brassens, Brel, ses sœurs et elle, Joe Dassin, Julien Clerc.

Alice invita Cécile de plus en plus souvent. Ses sœurs oublièrent qu'elles l'avaient d'abord trouvée hautaine ou réservée. Cécile fut vite considérée comme une cousine. Le soir, Alice insistait pour téléphoner à Cécile, sa mère objectait qu'on n'avait rien à se dire après une journée passée ensemble mais finissait par céder.

Alice allait dormir chez Cécile. Madeleine installait un matelas à même le sol. Cécile venait s'étendre près d'Alice qui lui confiait sa passion pour Barbara, le piano et les mots qui emplissaient le vide, lestaient la mélancolie, ébranlaient. Cécile ne la quittait pas des yeux. Des reflets argent comme du métal, une profondeur insondable. Ce qu'Alice tentait de décrire devenait crucial, résonnant en Cécile. Alice en ressentait l'écho, les vibrations. Elle avait la sensation de pouvoir tout dire. Déverser l'avalanche d'émotions incontrôlables et effrayantes qui l'assaillaient et l'embarrassaient. Elle voulait désespérément tout dire. Ne rien omettre lui prenait son énergie. Alice et Cécile parlaient longtemps avant de s'endormir d'épuisement. Certains soirs, Cécile n'avait plus la force de se hisser jusqu'à son lit et basculait dans le sommeil. Sur la couche étroite, Alice n'osait pas bouger et supportait les crampes, les fourmillements, le sommeil tardait. Cécile grinçait des dents ou poussait un cri. Alice se réveillait, posait la main sur son dos, l'apaisait. Cécile expirait fort, Alice percevait les moindres inflexions de la respiration de son amie. Elle ne craignait pas l'obscurité qui les enveloppait, n'avait plus besoin de la veilleuse de sa chambre d'enfant si Cécile était là. Leurs vies semblaient un tumulte de secrets, de confidences et de promesses. Cécile parla de Philippe avant qu'Alice ne le rencontre, comme si elle voulait la mettre en garde.

— Quand je le quitte, dit-elle, j'ai le souffle coupé, je ne peux plus respirer. C'est à cause de son absence que je fais des crises d'asthme. Maman s'inquiète. Quand je vais chez mon père, elle le harcèle pour que je prenne régulièrement mes médicaments, elle le soupçonne de ne pas être vigilant. Elle ne voit pas que la seule chose qui me soigne, c'est Philippe. Ils ne savent pas combien je l'aime. Combien je souffre quand il est loin. Ils ne doivent pas le savoir.

— Mais lui, est-ce qu'il le sait ? Il t'aime aussi ?

— Bien sûr, et ça ne finira jamais.

— Alors tes crises d'angoisse vont cesser, assura Alice.

— Ce n'est pas de l'angoisse, c'est de l'asthme. Je sais que ça va passer.

Quand Cécile décrivait Philippe, c'était comme si elle dressait son propre portrait. Mis à part la couleur des cheveux – Philippe était aussi blond que Cécile était brune –, les qualificatifs étaient ceux qu'Alice aurait utilisés pour dépeindre son amie. Philippe ne se montrait pas mais habitait l'univers de Cécile. Ce garçon mythifié se mit à hanter Alice. Les rêves de Cécile et les siens se confondaient.

Alice,

Tu rôdes, omniprésente quand je pense à lui, et je te maudis pour ça. Je devrais partir apaisée et sereine, mais penser à Philippe, penser à toi, me maintient en enfer. Je demeure devant une porte infranchissable.

Ils veulent te prévenir, en ont débattu dans la chambre. Ta présence auprès de moi est-elle souhaitable ? Éric a émis l'hypothèse que je pourrais en avoir besoin. Ma mère a réagi avec violence et s'est vivement opposée au moindre contact. Elle t'a bannie depuis des années, je sais à quel point ça t'a atteinte. J'ai voulu te blesser moi aussi, t'anéantir, te mettre à terre.

Philippe est là, bien plus que ceux qui vont et viennent dans l'hôpital. Je suis déjà loin de mes enfants. Est-ce que ça fait de moi un monstre ? Mes garçons n'ont plus de mère. J'ai renoncé. Je n'aspire qu'à un peu de paix. Au néant.

Sans toi, Philippe devient inaccessible, je ne peux pas le retrouver, tu détiens ce que j'ai toujours tu. Qu'en as-tu fait ? Ai-je été incapable de vivre ? L'accident était-il la seule issue ?

Tu étais du côté de la vie. J'étais suspendue à tes rires, tentant de saisir des miettes. Collée. Insatiable. Jusqu'à ce que je ne puisse plus supporter la promiscuité. Jusqu'à ce que tu ne puisses plus m'encadrer. Ou je divague. M'as-tu enviée ? As-tu voulu être à ma place au point d'agir comme tu l'as fait ?

Tu ne viendras pas. Tu ne t'assiéras pas sur le siège en fer dont les montants crissent sous leur poids. Tu n'auras pas la vision de moi branchée à des tuyaux. Tu n'assisteras pas à ma mort. Pourtant, elle te brisera. Elle me donnera raison, réparera. Elle te laissera sans adversaire. Tu passeras le reste de ta vie à te demander quelle aurait été l'issue du combat. À te demander qui a trahi. Qui a rompu. Nous nous croyions invincibles. À quel moment m'as-tu lâchée ? Pourquoi te l'ai-je permis ? Nous avons été minables, si peu à la hauteur. Je remporte une piètre victoire.

Cécile claqua la porte d'entrée. Alice pénétra dans le salon, surprenant deux corps entremêlés sur le canapé. Des jambes nues, une jupe remontée sur les cuisses, laissant entrevoir la main glissée dans la culotte violette. Le garçon et la fille se redressèrent précipitamment. Décoiffés, hirsutes. Alice ne vit d'abord que le sourire sincère et sans gêne qu'ils lui adressèrent, avant de distinguer leurs traits.

— Salut les filles, dit-il.

Il se leva, rattachant la ceinture de son pantalon, referma les boutons de sa chemise indienne, leur fit face. Alice le reconnut, balbutia un salut timide. Cécile se taisait, concentrée sur les mouvements lents de la fille qui se rhabillait.

— Tu ne m'embrasses pas, mon bouchon ?

Il avança vers Cécile, la souleva dans ses bras, parsema ses joues et son cou de baisers secs et bruyants. Cécile se débattit faiblement puis l'étreignit avec frénésie. Quand il la lâcha, elle s'agrippa à lui pour ne pas tomber. Il la dépassait d'une tête, avait la peau mate, les cheveux blond foncé, de longues boucles lui encadrant le visage. Ils se ressemblaient pourtant.

— C'est Corinne, dit-il en désignant la fille qui laçait ses chaussures. Et toi ? C'est Alice, c'est ça ?

Elle fit un pas vers lui, ne sachant pas si elle devait l'embrasser ou le saluer à distance. Cécile se mit en travers de sa route. Alice n'esquissa pas un geste, ne dit rien.

— Vous voulez que je fasse des crêpes ? demanda-t-il.

Cécile hésita, se tourna vers la prénommée Corinne.

— Je vais vous laisser, dit celle-ci comme si elle avait deviné ce que Cécile souhaitait.

— Je te rejoins tout à l'heure, dit-il en la raccompagnant à la porte.

Ils disparurent un instant sur le palier.

— Où vas-tu après ? demanda Cécile quand il revint.

— Je vais dormir chez elle, répondit-il. Allez, pâte à crêpes. Vous venez m'aider ?

Cécile le suivit dans la cuisine, Alice resta sur le seuil alors qu'ils ouvraient les placards, alignaient les ingrédients sur la table.

— Tu devais dormir ici, dit Cécile. Je préfère que tu dormes ici.

— Tu sais bien que ta mère n'est pas de cet avis.

— Ce n'est pas vrai, elle t'a invité, c'est toi qui préfères aller chez cette fille.

— Cette fille est ma copine, c'est normal que j'aille chez elle. Quelle mauvaise humeur !

Il cessa de fouetter la pâte dans le saladier pour l'enlacer.

— Ne t'inquiète pas, je viendrai tous les jours, ça ne nous empêchera pas de nous voir.

— Ce n'est pas pareil, murmura Cécile pour elle-même.

Elle adressa à Alice un regard triste. Il mit un disque des Rolling Stones et leur servit les crêpes en se déhanchant en rythme, utilisant la spatule comme un micro, pour imiter Mick Jagger. Cécile riait mais guettait les réactions d'Alice. Celle-ci s'efforçait d'être telle que son amie la voulait. Elle gardait ses distances mais appréciait la scène. Elle fut parfaite, adoptant une attitude d'acolyte atone qui resterait la sienne pendant des années. À la lisière de la vie de son amie, elle l'assurait de son soutien et de sa compréhension sans faille. Cécile lui en savait gré. Alice ne dit pas à Cécile qu'il était le sosie de Julien Clerc.

Alice,

J'ai toujours été plus solitaire que toi. J'enviais la facilité avec laquelle tu allais vers les gens, avec laquelle tu les séduisais. Je mettais du temps à rencontrer les autres. Je le faisais rarement. J'ai changé. Peu à peu, je me suis mise à sortir le soir, je fréquentais des personnes qui ne m'étaient rien mais m'entraînaient dans des cercles différents. Selon toi, je multipliais les rencontres superflues et stériles. Ce tourbillon m'était nécessaire. Tu ne me faisais aucun reproche, tu n'essayais pas de m'influencer. Tu restais là, m'accompagnant parfois. On ne s'est pas quittées, notre amitié a survécu à ce qui aurait dû nous éloigner. Nos voyages, nos mariages, nos enfants.

Ai-je commencé à te perdre au moment du divorce ? Tu enviais ma liberté. Tu ne supportais pas que cette soudaine autonomie me pèse, tu voulais que tout reste facile pour moi, je devais jouer le rôle que tu m'avais attribué. Ai-je eu tort d'abandonner Éric ? Je n'étais plus heureuse, mais l'ai-je jamais été ? J'ai passé mon temps à célébrer une idée du bonheur. Éric, Philippe et toi en étiez les instances. Mes méprises s'étendent devant moi. J'ai tenté de m'arracher à moi-même mais me retrouve emmurée, emmaillotée.

Je voudrais que tu viennes, sentir la pression de ta main sur ma tempe, tu m'extirperais de là. Je ne repousserais pas les manifestations de tendresse dont je ne savais que faire. Il me suffirait de me laisser emporter par notre énergie commune. Comment vivais-tu sans cet élan ? Cela me tourmentait. Que faisais-tu, qui aimais-tu après moi ? Je remontais le cours de l'histoire, revenais aux sources, disséquais les signes. Je guettais l'approbation d'interlocuteurs las, je me persuadais que la rupture était inéluctable. Peu importait laquelle de nous deux l'avait provoquée. Nous avions déserté notre relation, nous qui avions conversé quotidiennement pendant plus de trente ans. L'inconcevable s'était produit, nous projetant dans l'absurde. Ai-je envié ta réussite ? Ton talent ? Ils m'appartenaient, ils venaient de nous.

Je suis fatiguée, impuissante. Atteindre le détachement. Ne plus penser. Ou rejoindre l'allégresse excessive de Philippe, son exubérance contagieuse ? À quel moment es-tu tombée amoureuse de lui ? Pourquoi l'as-tu gardé pour toi ? Une cachotterie bénigne devenue une énigme. A-t-elle été trop lourde ? Philippe a-t-il joué un rôle dans notre histoire ?

Nous allons bientôt avoir cinquante ans, une farce. J'ai voulu construire, ériger des fondations, pallier l'intangible de mon existence. Je n'ai fait que m'enliser. Je tendais vers ton équilibre, ta solidité.

D'où te venaient-ils ? Une famille rescapée des marécages. Des spectres frayant avec tes grands-parents, ton père et ta mère. Persécutés en Grèce, en Arménie, les tiens puisent leur force de l'horreur qu'ils ont fuie. Petite, j'aurais échangé votre passé contre le mien. Des générations attachées à la même terre. Perverties par l'immobilisme. Tes enfants ont-ils hérité de cette résistance ? Que léguerai-je aux miens ?

On traçait les plans d'une maison, tu la voulais dans la plaine, moi dans la montagne. Je voyais une rivière, tu imaginais des dangers, des noyades, des torrents dévastateurs. Tu étais la prudente, moi la téméraire.

À la mort de ton père, j'ai fui ton chagrin et t'ai déçue. Vous deviez rester les joyeux, j'étais l'inconsolable. De quoi ? De l'attente rude et inassouvie de Philippe ? D'autre chose que tu voulais m'obliger à formuler ? Aujourd'hui, personne n'entendrait. Nous l'avons évoqué une seule fois, si furtivement que je l'ai peut-être rêvé. Tu as dit : « Il y a autre chose Cécile, tu le sais. »

Tu n'as pas pardonné mon attitude à la mort de ton père. Pourquoi ? Tu ne voulais pas comprendre. Il a suffi d'un pas de côté pour que tu renonces à moi. Je t'irritais. Je le sentais et devenais une autre. Détestable. Ton manque d'indulgence a créé cette femme. Je divague. Je ne dirai plus rien. Les méfaits du temps courent, cimentent, perdurent.

Pourtant, c'est vers toi que je tends. Je cherche un sens à notre lien, un tissu, rare, déchiré au centre. Irrécupérable.

Une quête dérisoire.

Leurs plus belles années furent celles de leurs études. Cécile s'inscrivit aux Beaux-Arts à Paris, Alice obtint une bourse à la Parsons à New York. L'Atlantique entre elles ne constitua pas un obstacle. Elles s'écrivaient de longues lettres qui leur rappelaient les mots échangés pendant les cours au lycée. Elles se retrouvaient parfois, vérifiaient la solidité de leur relation. Elles pouvaient compter dessus, le temps n'y changeait rien.

Leur avenir était tracé. Cécile serait architecte, Alice photographe. Elles échangeaient à distance leurs impressions sur la peinture, la photographie, le design. Quand Cécile rendit visite à Alice, elles arpentèrent les musées de New York, firent des croquis, campèrent dans les cafétérias, bavardant sans relâche. Elles remontaient la 5e Avenue, se promenaient dans Central Park. Alice prenait des clichés. Des Américains, des rues, des parterres de fleurs, des parties de leurs anatomies. Quand il faisait beau, les New-Yorkais se dénudaient, bronzaient, allongés sur les pelouses en maillots de bain. Elles faisaient comme eux.

Alice rencontra Jay. Pour financer ses études de droit, il était barman dans un club de jazz dans West Village. Alice trouvait Jay déplaisant en public, il parlait trop fort, avait un avis sur tout.

— Tu as honte de lui, lui dit Cécile. Tu l'humilies en le repoussant.

— J'essaye de me contenir mais il m'agace. Pourtant, j'aime coucher avec lui, mais je n'ai pas envie d'être avec lui. Il le sait, je ne crois pas que ça le dérange.

— Il n'a surtout pas le choix, il veut te garder. Je t'envie, tout semble si simple pour toi.

— Qu'est-ce qui est simple ? demanda Alice.

— Séduire.

— Pourquoi dis-tu ça ? Toi aussi, tu plais. Et puis, tu es amoureuse en ce moment. De quoi te plains-tu ?

La réserve de Cécile déstabilisait les gens de leur âge, mais sa beauté glacée laissait une forte impression. Elle était complexée de n'avoir eu sa première aventure qu'à dix-huit ans.

Elles paressaient sur la pelouse du parc. Cécile portait un jean, un débardeur. Alice cachait ses bras, se sentait encombrée par ses seins lourds. Elle fixait Cécile, parvenait à inverser les choses, comme dans un miroir. Elle devenait son reflet, atteignait une sensation de légèreté.

— Je suis fascinée par la facilité avec laquelle tu passes d'une relation amoureuse à une autre, dit Cécile. Regarde-moi, je n'ai eu que des rapports platoniques avec les garçons, jusqu'à ce que j'en rencontre un, et là, il faut des mois avant qu'il se passe quelque chose.

— Mais quand ça arrive, ça vaut le coup. Non ?

Un match de basket se disputait près d'elles, les joueurs hurlaient par intermittence, le ciel était d'un bleu éclatant sur les tours de Manhattan. Les printemps étaient doux, les étés moites, les hivers glacials et enneigés. C'était l'automne, il faisait encore chaud. L'été indien. Les feuilles des arbres avaient roussi, le sol était enseveli sous un tapis mordoré.

— Est-ce que j'obtiens ce que je veux ? s'interrogea Cécile.

Les cris s'amplifièrent. Les discussions des passants n'atteignaient pas Alice. Sans doute ne maîtrisait-elle pas assez l'anglais pour les enregistrer sans leur prêter attention.

— Quand tu dis que tu aimes coucher avec Jay, ça veut dire quoi exactement ? demanda Cécile.

— Que j'aime coucher avec lui, rien de plus.

— C'est mieux qu'avec les autres alors ? Tu n'aimais pas ça avec eux ?

— Si, bien sûr, mais, avec Jay, le sexe est tout ce qu'on a en commun. Je préfère quand on baise dans le noir, je n'aime pas le voir, je ne suis pas sûre d'aimer son corps. Juste sa peau et son odeur. Tu crois que je suis tordue ? D'aimer passer des heures au lit avec quelqu'un qui ne me plaît pas vraiment ?

— Je ne comprends pas la notion de plaisir, je crois, dit Cécile dans un souffle.

— Qu'est-ce que tu veux dire ?

Cécile garda le silence.

— Tu peux me le dire. Tu n'es pas la seule. Des tas de filles de notre âge ne ressentent rien, ça viendra plus tard, avec la bonne personne.

— Qu'est-ce que tu en sais ?
— J'en ai parlé avec Thierry.
— Tu as pu parler de ça avec lui ?
— Oui, on en parlait beaucoup en fait. Et puis moi aussi je m'inquiétais, je n'arrivais pas à avoir de plaisir quand on faisait l'amour, j'en avais quand il me caressait ou bien... Enfin, tu sais. Il m'a assuré que c'était normal, beaucoup de femmes mettent du temps à avoir des orgasmes vaginaux. Il se remettait en question, disait qu'il était nul.
— Tu aurais dû rester avec lui, c'est bien, un mec qui réagit comme ça, dit Cécile.
— Mais toi ? Tu ne ressens rien quand il te caresse ?
— Il ne me caresse pas. Pas comme tu dis.
— Alors ce n'est pas toi le problème.
— Peut-être que je n'ai pas envie qu'il me touche.
— Tu finiras par rencontrer quelqu'un avec qui ce sera évident. En attendant, tu n'as qu'à faire ça seule.
— Ne dis pas des choses pareilles.
Cécile arracha un brin d'herbe qu'elle se mit à mâchouiller.
— Tu sais, dit Alice, j'embrasse beaucoup de garçons, mais finalement être attirée par quelqu'un, c'est rare. Je pensais que lorsqu'on aimait, on avait forcément envie de toucher l'autre et que c'était réciproque. Mais je n'y crois plus. Dans la réalité, les choses ne se passent pas comme ça. Tu vois, ce n'est pas simple. J'ai trop idéalisé l'amour. Comme toi. On se trompe, l'une et l'autre.
— Heureusement que tu existes, dit Cécile.

— Oui, répondit Alice, heureusement que nous sommes là.

Cécile repartit à Paris, revint trois mois plus tard. Elles se rendirent à une soirée dans l'Upper West Side, un quartier où Alice n'allait jamais, loin du foyer d'étudiants de la Parsons. La nuit était claire. Elles décidèrent de monter par le parc malgré le froid et la neige. Elles avançaient courbées dans le silence. Cécile précédait Alice, qui voyait la capuche s'agiter devant elle. Cécile portait un manteau en laine qui la rendait plus mince encore. Emmitouflée jusqu'aux oreilles, dans une doudoune entravant ses mouvements, Alice se sentait comme un pingouin malhabile. Elle était habituée à cette impression de maladresse en présence de Cécile. L'envie de lui ressembler l'accompagnait sans cesse.

Chez leurs amis, lorsqu'elles s'extasièrent sur la beauté du parc enneigé, les regards se tournèrent vers elles et les exclamations fusèrent.

— Vous êtes folles, on ne traverse pas le parc la nuit !

— Vous auriez pu vous faire agresser !

— Estimez-vous heureuses qu'il neige, en été vous seriez mortes !

On coupa court à leur embarras et on se mit à table. Le voisin d'Alice, un grand costaud à lunettes, les cheveux châtains, mi-longs, paraissait sage et philosophe pour un garçon de son âge. Légèrement ennuyeux. Il était français, logeait pour quelques mois dans un loft chez des amis, travaillait comme graphiste stagiaire dans une agence de publicité. Il suivait des cours de dessin et lui proposa de venir voir son travail, de poser pour lui. Elle refusa sans oser demander s'il s'agissait de poser nue.

— Pourquoi l'as-tu découragé ? demanda Cécile. Vous ne vous êtes pas lâchés de la soirée, tu semblais t'amuser.

— Nue ou pas, je n'ai pas envie de poser pour lui, je trouve ça glauque qu'il me demande ça. Tu me vois rester des heures sans bouger pendant qu'il me détaille ?

— C'est un regard d'artiste. Si tu ne veux pas, je me proposerai. Je le trouve séduisant. Pas nue, évidemment, quoique ça ne me dérangerait pas.

— Évidemment, tu n'as rien à cacher ! s'exclama Alice.

— Arrête avec ta fausse pudeur.

Cécile se dirigea vers le graphiste. La soirée battait son plein, la table et les chaises avaient été poussées. On commença à danser. Lorsque Cécile cessa de parler avec le garçon, Alice se précipita. Une urgence la poussait à l'accaparer. Elle lui donna son numéro.

Quelques jours passèrent, elle se surprit à guetter le téléphone. Cécile se moquait d'elle. Il appela une semaine plus tard et l'invita à déjeuner. Ils ne virent pas passer le temps. Il s'excusa d'avoir manqué de délicatesse en parlant de poser pour lui. Ce fut Alice qui insista pour voir ses dessins. Il l'emmena à l'agence de publicité où il travaillait. Il avoua avoir menti pour la séduire, il ne dessinait pas. Ils passèrent tout leur temps ensemble. Elle rompit avec Jay.

Son nouvel amoureux l'encourageait dans son travail, fut à ses côtés quant elle passa son diplôme.

Elle le rejoignait dès qu'elle le pouvait. Ils traînaient au lit, se promenaient dans la ville, allaient voir des films. Ils rentrèrent à Paris ensemble. La famille d'Alice l'adopta. Ils emménagèrent dans un studio sans en avoir parlé au préalable. Une évidence. Alice avait juste vingt ans. David, quelques années de plus.

Alice,

« Ce qui est effrayant dans la mort de l'être cher, écrivait Montherlant, ce n'est pas sa mort, c'est comme on en est consolé. » Qu'y a-t-il de plus terrible que d'être consolé ? Je refuse de l'être. Tu disparaîtrais complètement et le gouffre m'avalerait.

« Ce n'est pas la mort qui nous prend ceux que nous aimons, disait Mauriac ; elle nous les garde au contraire et les fixe dans leur jeunesse adorable : la mort est le sel de notre amour ; c'est la vie qui dissout l'amour. »

J'écrivais sans cesse des citations dans mon cahier, comme nous le faisions enfants. As-tu gardé cette habitude ? Nous donnions tous pouvoirs aux mots et à la littérature. Avant l'accident, je cherchais une explication, lever le trouble qui brouillait le futur.

Autour de moi, les présences s'intensifient. Les sons s'accentuent. Le médecin a émis l'hypothèse que je puisse entendre. Mon état s'améliorerait. Ils me parlent. De plus en plus.

— Maman chérie, je t'en supplie, réveille-toi, a dit Louis.

— Maman, j'ai des mauvaises notes, a dit Jules. Mais je m'en fiche bien maintenant.

— Mon chéri, je suis sûre que tu as autre chose à dire à maman.

— Non, je n'ai rien d'autre à dire à maman, rien, rien du tout, a-t-il hurlé.

Les cris se sont éloignés, sans doute l'ont-ils fait sortir.

Ma mère est revenue dans la pièce.

— Mon amour, tu as lutté, le plus terrible est passé. Tu n'es pas morte. Tout va bien, tu n'as aucune raison de ne pas te réveiller. Laurent ? Dis quelque chose, toi.

— Non, c'est ridicule, a dit mon père, je ne peux pas, je ne peux pas lui parler comme ça.

— Ce n'est pas grave, a dit ma belle-mère. Tu n'es pas obligé.

Elle a dû s'approcher du lit, ma mère s'écarter pour la laisser passer.

— Je sais que ce n'est pas facile pour toi, Cécile, je comprends que tu sois endormie, je le serais peut-être à ta place. Il faut pardonner, pardonner à la vie. Tu sais, ton père…

— Mais qu'est-ce que tu lui racontes ? a crié mon père. Tu deviens folle ou quoi ? Arrêtez ces foutaises, elle n'entend pas. Elle n'est plus là.

— Tu te trompes, j'en suis certaine, a dit ma mère. Ses doigts frémissent quand je lui tiens la main, elle essaye de dire quelque chose.

— Ce n'est qu'un reflexe, a dit mon père. Tu t'aveugles, Madeleine.

— Maman, maman, a sangloté Louis.

— Tu es vraiment con, a dit ma mère. Tu as toujours été un con.

— C'est vrai, a renchéri ma belle-mère.

— Mon chéri, on est tous tristes et fatigués, on ne sait plus ce qu'on dit, ton grand-père ne pensait pas ce qu'il disait.

Je voudrais pouvoir contrôler ce qui m'entoure. La voix d'Éric a résonné plus près.

— Cécile, je t'en supplie, on a besoin de toi, j'ai besoin de toi, tu ne peux pas nous laisser.

Je t'ai menti, Alice, notre divorce est un fiasco. Éric m'en veut terriblement, me fait payer. J'ai rencontré un homme depuis quelques mois, il est absent de la chambre. A-t-il fui ou Éric l'a-t-il empêché de venir à mon chevet ? Cela m'indiffère, ce sont tes pas que je guette, non les siens.

Tu me traitais d'hypocondriaque. À la moindre migraine, j'avais une tumeur au cerveau. Une indigestion ? Un cancer de l'œsophage. Nous en plaisantions parce que, paradoxalement, je fumais trop, buvais. Que vas-tu penser quand tu apprendras l'accident, toi qui les redoutes ?

Je craignais la maladie, la maintenais à distance, mais prenais de plus en plus de risques. Je conduisais vite ce soir-là.

J'ai vécu dans la terreur de perdre Philippe. Même Éric n'a pas mesuré à quel point. Toi seule. Est-ce qu'on s'apaise quand ce qu'on a appréhendé arrive enfin ? Une torpeur m'enveloppe. Une accalmie. Le repos, enfin.

Alice tentait de remonter le fil. Elle avait passé plus de la moitié de sa vie avec David, ils s'étaient mariés vite, mais l'avait-elle décidé ? Est-ce que tout aurait pu être différent ? Y a-t-il une seconde où un destin se scelle ?

Cécile avait épousé Éric peu de temps après l'avoir rencontré. Mais, à deux jours de la cérémonie, elle avait failli annuler lorsqu'elle avait appris que Philippe avait été hospitalisé. Alice l'avait convaincue d'aller au bout, ce n'était qu'une journée protocolaire, rien de plus. Le vrai mariage se déroulerait au cours des années, il serait ce que Cécile et Éric en feraient.

Ils dansèrent sur Claude François qui revenait à la mode. Sans Philippe.

Elles n'étaient encore que des enfants quand une voisine les interpella dans la rue :

— Vous avez appris ? Claude François est mort.

Nine, Salomé et Alice revenaient du jardin avec leurs parents. Cécile était avec eux. Alice se tourna vers elle pour partager le choc de la nouvelle.

Claude François semblait indélébile sur l'écran de télévision. Salomé s'exclama, des sanglots dans la voix :

— Oh non, ce n'est pas possible, mais pourquoi ?

— Il s'est électrocuté dans son bain.

— Quelle mort imbécile, commenta leur père en riant.

Devant l'expression des filles, il s'efforça d'effacer l'ironie de son visage.

— Qu'est-ce que ça veut dire « électrocuté » ? demanda Nine.

La question lui valut un cours sur l'électrocution et sur les précautions à prendre avec les appareils électriques. Leur mère manifesta plus d'empathie que leur père pour le destin tragique de Cloclo. Sur le chemin du retour, les filles fredonnèrent ses chansons.

— Tu es triste ? demanda Cécile un peu plus tard.

— Je ne suis pas idiote, je ne le connaissais pas. Salomé et Nine sont tristes.

— Ça ne sera plus pareil les samedis soir sans les Claudettes.

— Exactement, répondit Alice reconnaissante.

Ce soir-là, Philippe était à Paris. Cécile, qui le voyait peu, avait insisté pour qu'ils passent ensemble la soirée chez Alice dont les parents sortaient.

— Salut les bouchons, dit-il en arrivant.

Il croisa le regard de Cécile, murmura :

— Mon petit bouchon à moi.

— Tu sais jouer ? lui demanda Nine en désignant la guitare qu'il portait en bandoulière.

— Oui, on ne va pas se morfondre sur la mort de Claude François, je vais vous chanter du Joe Dassin.

Nine et Salomé poussèrent des cris de joie qui embarrassèrent leurs aînées.

— Tu dors ici ? demanda Salomé.

— Non, chez ma copine, répondit-il.

— Elle est belle ? demanda Nine.

— Bof, dit Cécile.

— Comment ça, bof, tu es jalouse, ma peste, tu seras toujours ma princesse, mon bouchon.

Il la saisit par la taille, la hissa dans ses bras, mais Cécile protesta.

— Lâche-moi. Je suis grande maintenant.

— À nous alors ! crièrent Nine et Salomé.

Alice et Cécile les regardèrent s'élever dans les airs, aussi agacées l'une que l'autre.

— Laissez-le tranquille, dit la mère d'Alice. Vous allez le faire fuir.

— Mais non, dit Cécile, c'est mon frère, il est content d'être avec moi, on ne se voit jamais.

— Évidemment, intervint le père d'Alice, on ne voulait pas dire le contraire.

Il caressa les cheveux de Cécile, qui eut un mouvement de recul.

— Je suis ravi d'être là, dit Philippe, ne vous inquiétez pas, je m'occupe de tout, passez une bonne soirée.

— Tu as peur de mon père ? demanda Alice à Cécile quand la porte se referma sur ses parents.

— Non, je n'ai pas peur de lui.

— Il est intimidant, dit Philippe, et il faut comprendre son humour, on n'a pas l'habitude, notre père est si sérieux. Quant à votre mère, quelle beauté !

— Ma mère aussi est belle, dit Cécile.

— Oui, répondit-il, mais ce n'est pas la même chose, c'est l'ex-femme de mon père.

Alice regardait leurs reflets dans le miroir, quatre filles encore fluettes dans leurs pyjamas en pilou et un garçon à la haute stature qui ressemblait à un homme. Elle songea à la silhouette de sa mère, aurait voulu être déjà grande.

Il les autorisa à regarder le spécial Cloclo à la télévision. Guy Lux, Sylvie Vartan et Michel Drucker répétaient sans relâche leur anéantissement devant la disparition du chanteur. Cela finit par les ennuyer. Ils mirent un disque.

Regarde ta montre
Il est déjà huit heures
Embrassons-nous tendrement

Aux premières notes de musique, Salomé et Nine endossèrent le rôle des Claudettes et se tournèrent vers Philippe, Claude François idéal. Il commença par protester, puis se mit à danser entre elles deux. Dans l'entrée, la guitare était restée dans sa housse. Alice se souvenait qu'il avait promis de chanter. Cécile se tenait droite, les bras ballants comme si elle ne savait que faire de ses membres embarrassants. Son frère frappait dans ses mains.

— Allez venez, il me manque des Claudettes.

Son enthousiasme un peu forcé les autorisa à se laisser aller. Tous les cinq se mirent à danser sur une cadence endiablée.

Le lundi au soleil
C'est une chose qu'on n'aura jamais
Chaque fois c'est pareil
C'est quand on est derrière les carreaux
Quand on travaille que le ciel est beau

Philippe, essoufflé, en nage, jouait le jeu. Alice, en apnée, suivait son rythme. Il s'étendit sur le sol, les bras en croix, quand la chanson prit fin. Les filles l'imitèrent, n'osant plus bouger jusqu'à ce qu'il se relève.

Lorsque ses sœurs furent couchées, Alice lui rappela sa promesse. Il prit sa guitare, se mit à chanter en anglais avec un accent français, le souffle court, la voix plus rauque que lorsqu'il parlait. *Angie* des Rolling Stones. Alice suivait le déplacement de ses doigts sur les cordes. Elle n'aimait pas les ongles carrés et, pourtant, se concentrait sur eux. Lever la tête vers le visage de Philippe lui donnait le vertige. Il fermait les yeux en jouant. Il avait de très longs cils sombres, qui contrastaient avec ses cheveux clairs. Lorsqu'il posa sa guitare, Alice se détendit enfin. Cécile repoussa son frère quand il voulut l'embrasser.

— Alors, pour les câlins aussi, tu es trop grande ? s'exclama-t-il en la retenant de force contre lui.

Alice murmura un timide bonsoir et précéda Cécile dans la chambre des filles.

Cécile s'endormait vite. Alice veillait sur les sommeils. Elle en connaissait les ponctuations par cœur, une partition parfois assourdissante mais rassurante. La présence de Philippe dans le salon la mettait mal à l'aise, la maintenant éveillée. Il lui semblait l'entendre respirer lui aussi. Elle aurait pu se lever et l'aborder sous un prétexte quelconque. Elle ne bougeait pas, craignant qu'il la prenne pour un bébé, lui propose un lait chaud, une aspirine ou qu'il s'étende à côté d'elle pour la rassurer. Il toussa, déplaça une chaise, composa un numéro de téléphone.

— Tu ne vas pas me faire une scène, je vais venir, mais je voulais voir ma petite sœur…

Alice envia Cécile.

Alice, notre génération n'était pas engagée, disais-tu, tu aurais voulu avoir vingt ans en Mai 68 ou avoir connu une guerre comme tes parents. Rien ne nous arrivait jamais, nous cherchions une bataille à mener. Il n'y avait que l'amour, comme dans la chanson de Jacques Brel, nous en avions fait notre inaccessible étoile. Et nous avions la littérature, l'art pour nous élever. Je trouvais que nous accumulions plus de théories sur l'esthétique que d'émotions. Nous pensions trop, nous parlions trop. Tu voulais aller au fond des choses, disséquer la moindre de nos pensées. Ce fut un tort.

— Il fait chaud, dit-on autour de moi. C'est un mois de mai comme on n'en a pas connu depuis des années.

Ils s'asseyent dans ma chambre d'hôpital, ils souffrent de la chaleur, les enfants viennent moins, on tente de les protéger. Ma mère, Éric, mon père et ma belle-mère se relaient. Ceux que j'ai voulu fuir sont les seuls à qui mon existence suspendue importe. On ne parle pas de toi. Tu ne te soucies sûrement pas de moi. J'aurais juré que tu serais la dernière personne que je souhaiterais voir. Et pourtant… On accepte, on provoque l'éloignement, mais les liens qui nous assemblent sont tortueux. Des chaînes.

Te souviens-tu de l'été 1976 ? « L'été de la canicule », comme on l'a appelé par la suite. Je t'avais invitée à Sollière, chez mon père. Il venait de rencontrer ma belle-mère, sa troisième femme. Philippe la détestait et passait plus de temps chez sa mère, je le voyais de moins en moins. Je l'avais supplié de venir passer quelques jours avec des amis. La bande nous trouvait collantes, nous avions ordre de leur ficher la paix jusqu'à ce qu'ils nous appellent. Nous nous enfermions dans le grenier, malgré l'atmosphère étouffante qui y régnait. Nous avions créé un club dédié à la poésie dont nous étions les seuls membres. Ta grand-mère nous avait offert à chacune un médaillon jumeau. On avait juré de le porter toujours. À l'intérieur, nous avions roulé de petits morceaux de papier sur lesquels étaient écrits des vers de Rimbaud. Tu avais choisi les vers qui m'étaient destinés, j'avais choisi les tiens. Au milieu de la pénombre, parfois, un rai de lumière passait sous le toit, on voyait les grains de poussière virevolter devant nos yeux. Dans ces nuées, on dépliait nos précieux talismans et on relisait nos poèmes. La nuit, lorsque tout le monde nous croyait endormies, nous sortions dans le jardin. La pelouse, où nous jouions en plein jour, nous apparaissait comme une gigantesque et obscure savane. Les feuillages touffus qui nous protégeaient du soleil accablant de l'été devenaient soudain une forêt peuplée de pièges et d'êtres maléfiques. Nous bravions ces dangers imaginaires et avancions courageusement en nous tenant par la main, aspirant à une vie sauvage et intrépide. Nous n'étions que deux petites filles des villes que la moindre bourrasque faisait frémir. J'étais censée être la plus courageuse et n'osais te dire combien j'avais hâte de rentrer avant que tu en exprimes l'envie. Les battements de cœur que nous avions du mal à contrôler pendant ces escapades nous remplissaient de fierté, une fois blotties dans nos lits. Ils inspiraient nos tête-à-tête du grenier.

Nous n'émergions de notre huis clos que lorsque Philippe et ses amis daignaient s'intéresser à nous. Il était impossible de prévoir à quel moment ce serait et pour combien de temps. Nous nous tenions prêtes. Parfois, c'était un après-midi entier. Cela me rendait si heureuse que Philippe et ses amis auraient pu disparaître sur-le-champ, ne plus revenir, cela m'aurait suffi, nourrie pendant des semaines. Je me remémorais à l'infini ces intervalles enchantés, m'accrochais à eux. Je me pendais au cou de Philippe dans la piscine, le serrais fort, à l'étrangler, respirais son odeur, recherchais la vigueur de ses bras quand il me soulevait au milieu des éclaboussures. Je voulais que cela dure. Parfois, c'était toi, Alice, qu'il prenait sur ses épaules. Tu riais en t'agrippant à ses cheveux, il grimaçait de douleur mais te maintenait fermement les jambes, vos boucles se confondaient dans la mêlée, et vos cris. La jalousie me torturait, puis vous retombiez dans l'eau, disparaissiez dans les profondeurs du bassin. Quand vous en émergiez, Philippe était à nouveau mon frère. Je te taisais mes sentiments mais tu les devinais. Tu n'interpellais jamais Philippe, tu prenais garde de ne pas lui accorder trop d'attention et de plutôt te faire remarquer par ses amis. Tu ne voulais pas me heurter ou me causer la moindre peine. Cela m'émouvait mais je te le cachais. Avant toi, personne n'avait eu autant d'égards. Pas même Philippe. Et pourtant, il m'aimait.

Je faisais souvent des cauchemars. J'avais l'habitude d'ouvrir les yeux sur mes terreurs nocturnes, je les prenais en pleine figure, j'attendais qu'elles s'éloignent en serrant les poings. Personne ne venait. Lorsque nous dormions dans la même maison, Philippe accourait. Il se couchait sur mon lit, me prenait dans ses bras, murmurait que tout allait bien, il était là, rien ne pouvait m'arriver. Je l'obligeais à répéter inlassablement que les liens du sang sont les plus forts, j'étais sa sœur, je le serais à jamais. Il obéissait, s'assoupissait parfois. Quand il se mettait à ronfler, je le secouais, le faisais rouler sur le côté, le ronflement s'apaisait. Je me rendormais enfin.

Chaque année, Alice et ses sœurs pensaient à Cécile le jour de son anniversaire. C'était dans quelques jours, Alice n'appellerait pas. Elle calcula le nombre d'années où elle avait souhaité l'anniversaire de Cécile. Elle parvint à un nombre impressionnant. Elle avait finalement passé plus de temps avec Cécile qu'avec David. Parviendrait-elle à vivre sans lui comme elle vivait sans Cécile ? Elle se projeta dans l'avenir, se vit en femme âgée. Serait-elle condamnée à vivre avec des fantômes ? Serait-elle une vieille bienveillante, sans aigreur ? Alice avait cru en l'amitié, en l'amour, et une part d'elle-même voulait continuer à y croire. Une autre s'était éteinte. Et Cécile ? Elle avait dû apprendre ce qui se passait dans la vie d'Alice, mais ne s'était pas manifestée. Par délicatesse ? Par indifférence ? Parce que plus rien ne subsistait entre elles ?

Le vent se leva. De la terrasse du café, Alice voyait les arbres plier et pensa aux jours de mistral à Sollière. Elle bravait la tempête et se balançait dans le hamac, prenant le risque d'être assommée par une branche. Les lieux la hantaient, elle s'y cramponnait comme à des repères, des cadres tranquillisants. Mais les lignes étaient fuyantes.

Le père de Cécile et de Philippe les autorisa à aller au bal du village. C'était la première fois. Elles avaient quatorze ans. Alice aimait la grande maison, l'allée embroussaillée, le petit mur, les arbres fruitiers, les vignes à perte de vue. Cécile l'invitait de plus en plus souvent, la suppliait presque parce qu'elle redoutait de se retrouver seule avec son père et sa belle-mère. Enfant des squares parisiens, Alice s'était approprié l'endroit et l'avait conservé comme un trésor dérobé à Cécile. Sollière incarnait les maisons et les jardins qui peuplaient les chansons de Barbara.

Elles s'enfermèrent dans la chambre pour se préparer. Alice choisit un tee-shirt blanc Fruit of the Loom, un pantalon violet et une écharpe assortie, Cécile revêtit une tunique rose et une jupe indienne. Elles étaient sous la responsabilité de Philippe pour la soirée. Il marchait vite, elles le suivaient, couraient presque pour ne pas le perdre de vue. Ils s'assirent dans l'herbe au milieu de la foule qui se pressait pour voir le feu d'artifice du 14 juillet. Quand la première explosion retentit, Philippe regarda Alice, la tête levée vers le ciel, la bouche ouverte, et ironisa :

— Oh, la belle verte !

Honteuse, elle referma la bouche et détourna son attention du feu d'artifice dans une pose qu'elle voulut désinvolte. Elle croisa les bras sur son tee-shirt moulant. Il ne la lâchait pas des yeux et lui sourit. Comment savoir s'il se moquait ? Elle lui tourna le dos ostensiblement et se pressa contre

Cécile pour assister au bouquet final. Ils se relevèrent enfin pour se rendre sur la place du village où avait lieu le bal. Les Bee Gees chantaient *Night Fever*, elle oublia Philippe et rejoignit d'autres filles de leur âge pour une chorégraphie désordonnée.

Cécile attendait les slows. Lorsque enfin le garçon repéré s'approcha de son amie, Alice s'éloigna pour leur laisser l'opportunité de s'embrasser. Cécile espérait ce premier baiser. Alice lui avait dit d'ouvrir grand la bouche et de mêler sa langue à celle du garçon. Cela dégoûtait un peu Cécile, mais il fallait se forcer. Alice s'asseyait en retrait sur les marches de l'église lorsque Philippe surgit à côté d'elle.

— Où vas-tu sans me prévenir ? Je suis censé vous surveiller.

— Tu surveilles Cécile, là ?

— Oui, bien sûr, dit-il en s'installant à côté d'elle, et le blondinet qui danse avec elle m'a l'air assez inoffensif.

— Tu n'es pas jaloux ?

— Pourquoi veux-tu que je sois jaloux ?

Alice ne sut quoi répondre ou n'osa pas. Ils se turent, fixant les couples enlacés. Il était assis si près qu'elle pouvait sentir sa peau contre la sienne. Elle tourna la tête et pressa ses lèvres sur la chemise de Philippe, légèrement humide de transpiration. Elle resta ainsi sans bouger, la bouche scellée au tissu. Il eut un léger sursaut, sembla hésiter, puis il tendit les mains, enserra le visage d'Alice et l'embrassa. Leurs langues se trouvèrent, celle de Philippe se fit pressante, avide, elle se sentit happée, eut peur, se raidit. Il s'écarta immédiatement.

— Pardon, dit-il, je ne sais pas ce qui m'a pris.

Alice s'agrippa à lui, glissa ses doigts sous la chemise, effleura les muscles du ventre, tendus et chauds. Il frémit et tenta de la repousser.

— Qu'est-ce que tu fabriques ? murmura-t-il.

Elle se plaqua contre lui et lui tendit ses lèvres. Il l'embrassa encore, leurs langues tournaient lentement cette fois. Cela durait, Alice manquait d'air mais elle ne voulait rien arrêter. Il reprit son souffle et dit :

— C'est n'importe quoi, tu es la copine de Cécile. On ne…

Il ne termina pas sa phrase et recommença à l'embrasser. Le rythme de la musique s'accéléra, ils se détachèrent l'un de l'autre. Philippe se releva brusquement, chercha Cécile dans la foule.

Ils rentrèrent en silence. Cécile, impatiente, entraîna Alice dans la salle de bains et lui confia « avoir roulé des pelles » plusieurs fois dans la soirée, lui livrant tous les détails. Alice essayait de s'intéresser mais ne pensait qu'aux baisers de Philippe, elle se mordait les lèvres, en redessinait les contours à la recherche de la sensation éprouvée. Elle ne pouvait pas la partager avec Cécile. C'était la première fois qu'elle lui cachait quelque chose. Elle eut du mal à trouver le sommeil.

Au matin, elle appréhendait de croiser Philippe et à la fois était pressée de le voir. Elle errait dans le couloir, ne parvenant pas à émerger de ce tumulte intérieur, quand il apparut. Il la colla au mur, l'enlaça et l'embrassa longuement avant de la laisser pantelante reprendre ses esprits. Cela devint un jeu entre eux, ils se cherchaient, se guettaient dans les recoins de la maison, se rejoignaient et s'embrassaient à perdre haleine. Un accord muet les lia. Ils n'en parlèrent à personne.

Quand il fut temps de quitter Sollière, Alice ne fut pas triste. La seule pensée de Philippe la ravissait. Elle aima l'attente des séjours là-bas, ne pas savoir s'il serait là. Le retrouver enfin.

Un jour, il décida de s'installer dans la maison, fuyant sa mère qui souffrait de dépression chronique, lui préférant le refuge de la résidence secondaire de son père. Alice ne sut jamais si elle avait joué un rôle dans cette décision. Désormais, chaque fois qu'elle venait, il était là. Elle choisit de penser qu'il l'y attendait, n'en revenait pas qu'il continue de s'intéresser à elle.

Philippe devint le héros des histoires qu'elle s'inventait, elle omettait de dire à Cécile que l'objet de ses fantasmes avait un visage familier. Cécile aussi rêvait. Toutes deux vivaient dans un monde parallèle où se côtoyaient des idoles et des êtres sortis de leur imaginaire, elles en étaient fières. Lorsqu'elles en parlaient à leurs camarades, on les regardait sans comprendre. Elles se trouvaient particulières et riches de posséder cet univers souterrain. Dans celui-ci, Alice était irrémédiablement amoureuse de Philippe. Dans le monde réel, le chaos régnait dans son esprit. Peu lui importait qu'elle le voie ou non, la distance ajoutait au mystère de ses sentiments, les intensifiait. L'idée de lui la remplissait et la comblait. Cécile et elle lisaient de plus en plus, recouvraient leurs carnets de citations faisant écho à ce qu'elles traversaient.

Le Philippe de Cécile, le frère que son amie adulait, cohabitait avec l'amoureux furtif et passionné qui la déconcertait. Un soir, Philippe passa la main sous le pull d'Alice, défit son soutien-gorge, caressa ses seins, descendit jusqu'à ses hanches, il n'alla pas plus bas mais la sensualité de ce moment envahit les pensées d'Alice pendant les mois qui suivirent.

Ils ne parlaient pas, n'en éprouvaient pas le besoin, Philippe connaissait la vie d'Alice et réciproquement. Ils s'observaient en silence, s'approchaient, se frottaient.

L'idylle d'Alice vint se heurter à la réalité. Des bribes de conversations d'abord. Laurent, le père de Cécile, rageant contre son fils, le traitant de bon à rien. Philippe avait arrêté ses études de commerce et végétait à Sollière sous prétexte d'y apprendre à gérer une exploitation agricole. Puis la femme de ménage alerta la famille, une bande de jeunes délinquants squattait la maison. La plupart étaient des drogués, Philippe leur avait ouvert les portes, traînait avec eux. Il serait celui qui fournissait l'herbe. Cécile s'inquiéta, chercha à en savoir plus. Elle interrogea Philippe devant Alice. Ce dernier voulut-il la protéger ou eut-il peur de tomber de son piédestal ? Il envoya balader Cécile comme jamais Alice ne l'avait vu faire. Cécile lui courut après.

— Je ne te juge pas, je veux juste que tu me dises ce qui se passe dans ta vie.

— Cela ne te regarde pas, tu n'es pas obligée de tout savoir, cria-t-il.

Il croisa le regard d'Alice par-dessus l'épaule de Cécile mais, cette fois, se détourna, claqua la porte. Cécile se mit à pleurer.

— On ne s'était jamais disputés, dit-elle.

— Alors c'est bien, assura Alice, c'est normal de se disputer entre frère et sœur.

— Tu crois qu'il le fait ? demanda Cécile. Qu'il se drogue ?

— Non, je ne crois pas, dit Alice, tu t'en serais rendu compte. Tu le connais si bien. Mais il prend très mal le fait qu'on le soupçonne.

— Il doit m'en vouloir.

— Je peux essayer de lui parler si tu veux.

— Non, dit Cécile, je vais lui demander pardon tout de suite.

Elle sortit à son tour et la porte trembla à nouveau. Restée seule, Alice se laissa tomber dans le canapé, se pelotonna parmi les coussins, ferma les yeux. Elle avait la nausée. Cécile ne supportait pas que son frère lui échappe, que quelqu'un d'autre se rapproche de lui, même son amie. Alice tenta de se persuader qu'elle ne trahissait pas Cécile : ce qu'elle partageait avec Philippe, Cécile ne pouvait y aspirer. Alice ne lui volait rien. Quand Cécile revint, elle s'était endormie.

— On remet Supertramp ? demanda Cécile en la bousculant pour la réveiller.

Breakfast in America retentit dans la pièce.

Cécile ne rapporta pas sa conversation avec son frère.

Quelque chose changea dans la relation entre Philippe et Alice. Elle l'embrassait avec une avidité anxieuse, il s'enfermait dans une attitude flegmatique, s'amusait de son empressement. Elle se vexait, le sondait, commença à se demander si là où elle avait vu de l'acuité, de la gravité, il n'y avait pas qu'un abîme. Il se droguait, son regard ne fixait plus. Elle n'était plus aussi bouleversée par ses étreintes, elle commença alors à ressentir son trouble à lui. Cela l'excitait de le sentir frissonner quand elle le touchait. Parfois, elle se risquait à défaire les boutons de sa chemise, à caresser son torse, il ne baissait jamais son pantalon, ni celui d'Alice. Elle avait peur de ne pas lui plaire, elle se pressait contre lui, mesurait l'effet qu'elle lui faisait.

— Tu ne m'aimes pas, déclara-t-elle.

Elle eut aussitôt honte, mais il n'esquiva pas la question déguisée. Ce fut la seule fois.

— Je t'ai toujours aimée, je n'aime que toi et je n'aimerai que toi, répondit-il.

Le ton ironique démentait ses propos et fit douter Alice. Peut-être avait-elle imaginé la réponse ? Elle aurait voulu lui poser d'autres questions. Pourquoi n'essayait-il pas de coucher avec elle ? Elle savait qu'il le faisait avec d'autres. Pourquoi avait-il l'air de plus en plus fuyant ? Elle posa la tête contre son épaule. Ils se tinrent immobiles. Dans cette position sage, ils étaient comme frère et sœur. Cécile s'appuyait souvent contre Philippe, il l'entourait de son bras. Alice voulut bouger, elle ne le fit pas.

La rumeur fut confirmée. Le père de Cécile trouva de la drogue dans la maison, des traces de squatteurs. Philippe, puni, fut obligé de quitter la maison, il retourna chez sa mère, s'inscrivit en fac de droit. Il voyait sa sœur à Sollière, un week-end sur deux, toujours en présence de leur père, qui surveillait les allées et venues de son fils. Il s'avéra que ce dernier continuait à fréquenter la même bande. Laurent décida de ne plus aller à Sollière, qui devenait un lieu menaçant.

Alice ne fut pas désespérée, elle attendit patiemment des nouvelles de Philippe, ne douta pas d'en avoir. Quand les premières semaines passèrent, elle s'attrista. Les mois défilèrent, elle se mit à souffrir et se réfugia dans ses souvenirs. Puis elle renonça, oublia les baisers et les caresses, l'odeur de la peau. Philippe redevint le frère bien-aimé et inaccessible de Cécile.

À Paris, elles commencèrent à sortir, rencontraient des garçons. Ils avaient l'allure et la chevelure de Julien Clerc. Cécile se décourageait, aucun ne s'intéressait à sa grâce juvénile.

Alice croisa Thierry. Il fut le premier, ils couchèrent ensemble aussi simplement qu'ils s'étaient embrassés. Elle était bien. Elle ne ressentait pas ce qu'elle avait éprouvé avec Philippe mais n'en avait pas conscience. Ses parents la laissaient dormir chez Thierry, dont la famille de commerçants travaillait à l'extérieur. Ils passaient beaucoup de temps à deux, vivaient une relation de couple précoce que Cécile enviait.

Quand Alice n'était pas avec lui, elle se consacrait à Cécile. Elles continuaient à s'écrire et à partager leurs lectures. Alice avait des nouvelles de Philippe par Cécile, il demandait des siennes. Il était en guerre avec son père, séchait la fac, continuait d'avoir de « mauvaises fréquentations », disait sa famille. Cécile ne savait quoi penser, elle ne le trouvait pas changé. Peut-être avait-il perdu un peu de sa gaieté ? Elle se plaignait surtout de son mutisme inhabituel. Philippe se montrait affectueux mais pouvait rester silencieux pendant des heures.

On rouvrit Sollière. Alice délaissait son amoureux et retrouvait Cécile. Elles ne se terraient plus dans le grenier, bavardaient, se promenaient, lisaient dans le jardin. À Paris, Cécile venait chez Alice, elles passaient du temps avec Salomé et Nine. Cécile aimait leur compagnie et celle des parents d'Alice, de ses grands-parents. « Leur force de vie tranquille », disait-elle. Cécile faisait prendre conscience à Alice de ce qu'était sa famille. Chez Cécile, on se dispersait, on luttait individuellement pour se maintenir en vie, on était seul. Chez Alice, on partageait tout, on parlementait, on se disputait, la solitude était un luxe.

Elles révisèrent leur bac de français à Sollière, elles prenaient plaisir à préparer des fiches sur les textes, les auteurs. Elles aimaient l'exercice de la dissertation, elles se lisaient leurs devoirs à haute voix, argumentaient l'une contre l'autre, finissaient par tomber d'accord, il n'était pas envisageable qu'il en soit autrement. Le père de Cécile entrait sans frapper dans la pièce où elles travaillaient. Il surveillait sa fille, exigeait beaucoup d'elle. Alice aurait voulu intervenir – Cécile était brillante, mais avait droit à un peu de répit, on pouvait faillir parfois – mais elle ne disait rien. Laurent imposait le silence à ceux qui l'entouraient. Il ne tolérait pas l'opinion d'autrui. Cécile se décarcassait pour être celle que son père voulait qu'elle soit, guettait le moindre compliment et, s'il venait, se jetait dessus comme un chien sur un os, frétillant presque de contentement. Ce manège embarrassait Alice.

— Pourquoi te mets-tu une telle pression ? disait-elle, ton père est fier de toi dans le fond, tu le sais bien. Ta mère aussi.

— Ils ne le disent jamais, répondait Cécile.

— Ils ne le diront pas, disait Alice. Et tu le sais. Laisse tomber.

À Sollière, Alice ne pouvait pas s'empêcher de repenser à Philippe, elle espérait sa venue. En vain. Elles obtinrent de très bonnes notes à leur bac. Thierry emmena Alice en Corse pour fêter ça. Elle tint aussi à passer quelques jours avec Cécile et rejoignit son amie à Belle-Île, où son père avait loué une maison. Elles se sentaient légères, dansaient sur les tubes de France Gall et de Michel Berger : *Il jouait du piano debout, La Groupie du pianiste*.

Elle l'aime, elle l'adore
C'est fou comme elle l'aime
C'est beau comme elle l'aime

Cécile chantait à tue-tête parce que cela attirait l'attention d'un garçon vêtu de noir. La nuit, elle faisait le mur pendant qu'Alice montait la garde. Cécile dormait tard le matin et Alice supportait stoïquement les injonctions de Laurent la pressant de réveiller son amie.

Elle était seule, assise à la table du petit déjeuner, quand Philippe était apparu, un sac sur l'épaule. Cécile n'était pas levée, Laurent et sa femme absents. Alice portait une minijupe rouge et un décolleté. Ils furent aussi surpris l'un que l'autre, ne purent prononcer un mot. Alice fut submergée par une vague d'euphorie et éclata de rire. Il semblait pétrifié et ne broncha pas. Elle ravala son rire. Il lui parut plus grand, il était bronzé, portait les cheveux longs, les boucles étaient décolorées par le soleil. Il balança son sac à travers la pièce et examina les lieux.

— Pas mal, il ne s'emmerde pas mon père, dit-il.

Il se tourna vers Alice, ouvrit la bouche pour dire quelque chose, la referma, fixant ses jambes nues étendues sur la chaise. La porte s'ouvrit, Laurent s'exclama en le voyant :

— Tu ne pouvais pas prévenir ?

— Moi aussi, je suis content de te voir, dit Philippe.

Alice s'empressa de débarrasser la table. Dans la cuisine, elle tremblait et manqua de renverser les tasses. Cécile apparut en haut de l'escalier, dévala les marches pour se jeter dans les bras de son frère.

Les jours qui suivirent blessèrent Alice. Philippe la traitait comme une simple connaissance. Ce n'était pas de l'indifférence mais pire, une bienveillance tiède. Chaque fois qu'il s'adressait à elle, il lui faisait plus de peine.

Lors d'un dîner, la conversation porta sur leurs avenirs respectifs. Cécile parla de s'inscrire aux Beaux-Arts.

— Je compte sur vous, les filles, dit Philippe. Pour moi, c'est cuit mais, vous, vous irez loin.

— Ça suffit, hurla son père en donnant un coup de poing sur la table.

Alice, Cécile et sa belle-mère sursautèrent. Une assiette tomba par terre et se brisa avec fracas.

— Excusez-moi, dit Alice.

Elle se leva de table et sortit précipitamment. Cécile la rattrapa.

— Ça va ? demanda-t-elle.

Cécile l'entoura de ses bras, il était rare qu'elle manifeste de l'empathie, Alice se laissa aller contre elle.

— Ce n'est rien, j'ai mal au ventre.

— Je suis désolée pour cette ambiance de merde, dit Cécile. Ils sont si cons quand ils sont ensemble.

— Retournes-y sinon tu vas te faire engueuler.

Elle écouta le père de Cécile commenter sa façon de quitter la table brutalement. Elle alla s'enfermer dans les toilettes. Les larmes lui brûlaient les yeux. Ils étaient rouges et gonflés, constata-t-elle dans le miroir. Les cheveux décoiffés. Impossible d'arranger sa tête. Elle déverrouilla la porte et se heurta à Philippe.

— Qu'est-ce que tu as ? demanda-t-il.

Alice haussa les épaules, le bouscula et fila dans la rue. Elle marchait vite.

— Laisse-moi, cria-t-elle.

— Non, dit-il.

Alice se mit à courir. Elle entendait la course de Philippe derrière elle, sentait son souffle sur ses omoplates. Elle stoppa net, se retourna et le frappa. Il ne broncha pas.

— Vas-y, défoule-toi. Mais qu'est-ce que tu veux ? Qu'est-ce que tu veux à la fin ? Tu veux que je te baise ? Tu veux qu'on roucoule ?

— Tais-toi, ne parle pas de nous comme ça.

Elle le frappa encore. Il ne cherchait pas à esquiver les coups.

— Tu ne vois pas que je ne suis pas pour toi, dit-il, tu es trop petite, tu es trop pure, tu es ridicule avec tes idéaux à la con.

Elle le gifla. Cette fois, il l'encercla de ses bras et l'immobilisa. Elle se mit à hurler. Il essaya de l'embrasser. Elle le mordit.

— Je te hais, dit-elle.

— C'est très bien, répondit-il.

Et il la lâcha. Elle rentra en trombe et se mit au lit. Elle était calme maintenant. Elle parvint à persuader Cécile de sortir sans elle, elle allait se coucher tôt, cela lui ferait du bien. Elle se blottit sous les couvertures, tout habillée, grelottante. La belle-mère de Cécile lui demanda si elle avait besoin de quelque chose. Alice voulait seulement dormir.

Un frôlement la réveilla quelques heures plus tard, Philippe était couché contre elle, la déshabillait. Elle se cambra pour faire glisser ses vêtements. Il lui caressa le dos, les hanches, descendit sa culotte, lui toucha les fesses. Elle se tourna vers lui, il l'étreignit si fort qu'il lui fit mal. Elle retint un cri, embrassa son torse, son cou, son menton. La barbe de quelques jours lui écorchait les joues, il lui rendait ses baisers. Elle défit la ceinture de son pantalon, ouvrit sa braguette, saisit son sexe tendu. Elle l'entendit gémir, et gémit à son tour. Les ressorts du matelas lui labouraient les côtes. Il mit ses doigts entre ses jambes, remonta entre ses cuisses, y posa les lèvres. Quand Alice voulut prendre le sexe de Philippe dans sa bouche, il la repoussa brutalement, se redressa, s'assit au bord du lit, prostré. Le silence la terrifia.

— Qu'est-ce qu'il y a Philippe ? Dis-moi.

Elle se mit à genoux derrière lui, lui effleura la nuque.

— C'est moi. Alice. Dis-moi.

— Je sais que c'est toi. Je ne veux pas, je ne peux pas coucher avec toi.

Elle réprima une insulte, se recoucha, enfouit sa tête dans les oreillers. Elle ne fit pas un geste pour le retenir. Elle ferma les yeux et tenta d'effacer la scène.

Elle mit longtemps à ne plus y penser. Parfois, le grotesque de la situation remontait, lui nouait la gorge, elle se sentait rougir sans raison apparente au milieu d'une phrase. Elle n'adressa plus la parole à Philippe, qui tentait de capter son attention. Elle tint bon, tournant la tête à la seconde où il pensait y être parvenu. Cela devint un exercice physique. Dépossédée de toute émotion et concentrée sur les moindres oscillations de son corps, elle n'eut aucun souvenir des derniers jours de vacances. Son regard ne croisa plus celui de Philippe jusqu'à ce qu'ils quittent l'île.

Alice,

Je suis prisonnière. Je ne peux plus communiquer, rien ne m'obéit. Je pourrais rester ainsi éternellement. Je ne souffre pas. Je ne peux pas le leur dire, les rassurer sur mon sort.

Une infirmière entre. Ils délibèrent. Que faut-il faire de moi ? Jusqu'où aller ? La violence de leurs débats me laisse de marbre. Ce qui m'agressait ne m'agresse plus, je suis en train de les quitter, de me retirer sans bruit. Les garçons sont grands, ils se débrouilleront.

Je repense à un autre lit d'hôpital, ils étaient petits alors. J'avais été intubée, après un lavage d'estomac. Tu étais assise sur une chaise raide et incommode, tu y es demeurée la journée entière puis la nuit qui a suivi. Ma mère n'est arrivée qu'au petit matin.

Tu me caressais les joues, les bras, en silence, veillant à mon confort, questionnant les médecins. Quand je parvenais à soulever les paupières, je tentais de lire ton visage penché sur moi. Tu t'efforçais de prendre une expression tranquille.

Tu étais là. Complètement. J'étais enveloppée par ta présence. J'ai ouvert les yeux de plus en plus souvent, je lisais une question dans les tiens. Tu n'as rien dit pendant quelques heures puis tu m'as interrogée sans détour. Avais-je voulu mourir ? Je ne savais pas. Je ne te mentais pas. Tu ne t'es pas contentée de ma réponse. Tu voulais savoir. Éric et moi affrontions une crise, mais ce n'était pas une raison. Pourquoi faillir maintenant ? Philippe était sorti de désintoxication, il avait trouvé du travail, Éric m'aimait et je l'aimais, les enfants allaient bien, l'agence se développait. Tu ignorais que j'étais fragile à ce point. Tu t'en voulais de n'avoir rien vu. Tu me reprochais de ne pas t'avoir alertée. De ne pas m'être confiée à toi. Tu ne m'as pas lâchée jusqu'à ce que les mots viennent. Ce n'était pas une simple crise. Je voulais quitter Éric. Tu t'es levée, tu as regagné la chaise près du lit. J'en avais assez de faire semblant, je n'étais pas faite pour vivre à deux, j'étais incapable de tendresse, j'étais frigide et ni Éric, ni moi n'avions à supporter cette situation plus longtemps. « Qu'est-ce que tu racontes ? as-tu dit. Tu m'as toujours dit que ça se passait bien avec Éric. » Oui, mais ça ne suffisait pas. Je n'aimais pas ça, je n'aimais pas le sexe, je ne pouvais pas lui imposer une femme comme moi.

Tu as évoqué Philippe. Je ne reconnaissais pas ta voix parce que tu parlais doucement comme si tu ne voulais pas me brusquer. Ce nouveau ton m'a mise en colère, j'ai ravalé cette colère parce que j'étais harassée. Ma passion pour mon frère n'était-elle pas excessive ? N'avait-elle pas enrayé ma relation aux autres hommes ? Tu as prononcé le mot « inceste » comme s'il te brûlait les lèvres. Je me souviens d'avoir ricané, de m'être redressée, de t'avoir scrutée. Cela t'a mise mal à l'aise, tu t'es excusée aussitôt mais tu t'inquiétais pour moi, il te fallait une raison pour expliquer mon geste. Je dirais plutôt mon imprudence : j'avais abusé de l'alcool et des anxiolytiques. Tu m'as parlé de ta relation avec Philippe. Tu avais été attirée par lui dès le premier jour alors que tu n'étais qu'une enfant. Tu me demandais pardon de me l'avoir caché, tu tenais à moi, tu avais peur de ma réaction. Je ne t'en ai pas voulu à ce moment-là. La rancune est venue plus tard, mes sentiments pour toi la tenaient encore à l'écart. Nous nous sommes souvenues de l'enfance, de l'adolescence. Il aurait fallu que je te parle, dire ce que je n'avais jamais réussi à formuler. Je n'ai pas pu cette fois non plus.

Tu semblais soulagée d'être débarrassée de ce secret. « C'est si important la transparence entre nous, as-tu dit. Pardon d'avoir jugé votre relation de frère et sœur, je sais à quel point cela compte pour toi, ma propre culpabilité a dû me pousser à soupçonner des choses indicibles. »

Ton aveu ne m'a pas étonnée, c'était comme si je l'avais toujours su et maintenu à distance. Toi et Philippe. Ce n'est pas ce qui a retenu mon attention. Je songeais à la limpidité dont tu parlais. Cette perfection dans nos rapports à laquelle nous aspirions et ne voulions pas renoncer venait de la clarté. Pourtant un voile l'obscurcissait sans que tu le saches, un voile si léger que je voulais l'oublier parfois. J'y parvenais la plupart du temps. Ce voile recouvrait ma vie, me tenait loin du monde. Tu m'as conseillé de prendre le temps de réfléchir avant de parler à Éric. Quelle que soit ma décision, tu serais là.

Les chambres d'hôpital se ressemblent, je ne peux pas les différencier les unes des autres. Celle-ci est la même que celle où je reposais il y a quelques années. Je le sais sans l'avoir vue, la chaise près du lit doit être aussi inconfortable. Y demeurer un long moment doit leur engourdir les jambes de la même façon. Et pourtant, ils ne flanchent pas, ils se tiennent là.

Mon père est entré seul. J'ai entendu sa voix grommeler un « Salut, ma fille » embarrassé. À quoi peut-il songer devant mon corps inerte ? A-t-il des remords depuis notre dispute ? Remet-il en cause le père qu'il a été ? Regrette-t-il celui qu'il n'a pas su être ? Il essaye de parler mais ce qu'il dit est inaudible. Les sons qui me parviennent me sont étrangers. Pleure-t-il ? Est-il capable de sangloter ? Je n'ai jamais vu mon père s'excuser ou montrer la moindre faiblesse. Il est fier, borné, autoritaire. La seule fois où je l'ai affronté, il a gagné. Il m'a aussi perdue. Mes enfants le connaissent peu. Avant de le croiser ici autour de mon lit, ils n'avaient aucun rapport avec leur grand-père. On m'a accusée d'être dure et inflexible. Je l'étais.

Je me tenais à distance de ton père. Sa dévotion pour ses filles me dépassait, me gênait, il se mettait en quatre pour toi, pour Nine et pour Salomé. J'assistais à vos échanges avec curiosité. Cela ne me concernait pas. Je n'aimais pas ses plaisanteries, il se désolait de mon manque d'humour.

Un jour, nous étions chez toi et attendions Philippe. Tu t'es penchée à la fenêtre pour le guetter. Pour se moquer, ton père a fait mine de jouer du violon, a fredonné la chanson de Dalida :

J'attendrai le jour et la nuit
J'attendrai toujours ton retour

Tu n'as pas ri comme d'habitude, tu t'es détournée rapidement, fuyant mon regard qui se dérobait aussi. J'ai compris ce jour-là ce que Philippe représentait pour toi. Sur une chanson de variété. Mais je l'ai balayé. Je me suis réfugiée auprès de ta mère, qui se montrait chaleureuse avec moi. J'aurais voulu parfois être l'une de vous, avoir trois sœurs. Chez vous, on était vivants, tout le monde parlait en même temps, vous vous disputiez souvent mais cela ne portait pas à conséquence, vous riiez beaucoup aussi, le silence n'avait pas le temps de s'installer. Je me lovais dans votre quotidien comme je me blottissais dans les coussins de votre canapé. L'harmonie régnait autour de vous. Les objets avaient une place qu'ils retrouvaient parce que ta mère aimait le rangement. Chez moi, les clopes s'entassaient dans les cendriers, les vêtements s'accumulaient sur les fauteuils, les affaires s'égaraient mystérieusement. J'ai été très longtemps désordonnée. Avant mon accident, je ne supportais plus ce travers dont j'avais hérité, je m'étais mise à traquer la poussière, les taches, la crasse avec une obsession maladive qui dérangeait et désarçonnait mes proches.

Alice feuilletait le magazine censé la transporter des années en arrière. Ce n'étaient pas tant les événements politiques qui l'intéressaient mais sa propre trajectoire, qu'elle se plaisait à reconstituer comme on assemble les morceaux d'un puzzle. Elle tentait de retrouver la personne qu'elle avait été avant David. Elle était l'amie de Cécile. S'était-elle toujours définie par rapport à ses affections ?

Elle pourrait descendre à la cave, rechercher les vieux clichés. Cécile et elle en maternelle, Cécile et elle à onze ans puis pré-adolescentes, adolescentes. Le soir où elles avaient fêté les résultats du bac, les premières vacances sans adultes, Sollière, Paris, leur pèlerinage à Charleville – la ville natale d'Arthur Rimbaud –, New York. Quand avaient-elles été le plus proches ? À quel moment Alice avait-elle été le plus elle-même ? Les années avaient filé, surtout celles de son mariage, David et elle s'étaient focalisés sur leurs enfants et, avec eux, le temps s'était accéléré. Alice s'était-elle oubliée ? Son amitié pour Cécile avait survécu, elle n'avait pas envisagé qu'elle puisse avoir une fin. Elles avaient élevé leurs enfants en se serrant les coudes, les inscrivant dans les mêmes écoles, fréquentant les mêmes amis, étaient parties en vacances ensemble. Leurs maris suivaient.

Elle n'irait pas à la cave, elle le savait déjà, c'était le genre d'endroit où on ne mettait jamais les pieds, ce qu'on y déposait y était enterré. Alice tournait les pages du magazine sans les lire, les titres étaient suffisamment évocateurs. Les années 80, l'arrivée des radios libres, un ton différent à la télévision.

Cécile et Alice s'étaient inscrites à la fac, une année incertaine avant le départ d'Alice pour les États-Unis. Elles n'avaient pas beaucoup de cours quand elles ne les séchaient pas, se levaient tard, finissaient leurs journées en regardant les mêmes émissions. La mère d'Alice rentrait après sa journée de travail, les trouvait en pyjama, affalées sur le canapé à manger des tartines de Nutella. Elle protestait, criait parfois, les envoyait se laver, s'habiller, ranger. Elles obtempéraient par flemme d'opposer une résistance, elles avaient du mal à se mouvoir, ne lisaient plus, ne discutaient plus, elles se contentaient de ricaner pour des raisons idiotes, se comprenant à demi-mot. Plus rien ne semblait les intéresser. Cela dura quelque temps. Elles flottaient entre leurs vies d'enfants et leurs vies d'adultes sans en avoir conscience, s'enfermaient dans la chambre, prétendaient ne pas entendre les protestations de Salomé et de Nine, se levaient enfin pour se préparer à aller en boîte. Leurs copains les emmenaient au Palace, au Privilège, à L'Élysée Matignon. Elles mentaient à leurs parents, disant qu'elles allaient chez des amis, n'osant avouer qu'elles avaient succombé comme les autres aux paillettes de la nuit. Elles portaient des jupes courtes, colorées, des bottes de cow-boys, des épaulettes qui leur donnaient l'allure de nageuses, des boucles d'oreilles en toc trop voyantes. Alice ne se plaignait plus de ses cheveux bouclés – les filles faisaient des permanentes. Elles avaient toutes des crinières autour du visage.

Alice avait rompu avec Thierry. Elle se sentait libre, regardait les garçons dansant sur Grace Jones.

Quand il me prend dans ses bras
Il me parle tout bas
Je vois la vie en rose
Et dès que je l'aperçois
Alors je sens en moi
Mon cœur qui bat

Elle imaginait une rencontre qu'elle parait de tous les atouts.

Alice leva les yeux, une rafale de vent soufflait sur les arbres du square, les pétales des fleurs se détachèrent, virevoltèrent. À côté d'elle, une femme et un homme commentaient la météo.

— Enfin de l'air.

— Vous en faites une tête, lui dit la serveuse. Vous vous en remettrez de votre mari, va ! Vous savez, on est mieux seule que mal accompagnée.

Faisait-elle semblant de croire en cet adage ? La serveuse lui en avait asséné beaucoup du même acabit, cherchant à la réconforter. « Les animaux sont meilleurs que les humains. » « Demain est un autre jour. »

Alice hocha la tête. Il était temps de se lever, de rentrer chez elle, de préparer le rendez-vous du lendemain. Depuis son licenciement de chez Intervalles, elle se consacrait à la société qu'elle avait créée. Elle se rendait à l'usine une fois par semaine, faisait l'aller et retour dans la journée. En train. Mais elle ne bougea pas. Elle songea à une nouvelle lampe, la dessina dans sa tête. L'éclairage, les appliques, les guirlandes étaient ce qui l'avait fait connaître du grand public. Elle avait reçu un prix pour sa dernière création. On le lui avait remis à Lyon, il y avait quelques mois.

Elle était partie tôt le matin, laissant David, son fils et sa fille dormir encore une heure ou deux. Elle était dans le TGV quand elle avait reçu un mail provenant du portable de David. *Mon cœur, tu dois dormir encore. J'arrive. Hâte. D. P.-S. Croissants ou pains au chocolat ?* Ça ne lui était pas adressé.

Depuis, elle revivait l'instant au ralenti, toujours la même scène. Le paysage défilait, elle resta les bras ballants avant de supprimer le mail. Mais les mots ne disparaissaient pas, ils s'étaient imprimés en elle. Le train était entré dans un tunnel, pas de réseau au moment où elle s'apprêtait à pianoter sur l'écran. *Mon cœur*. Les mots ne ressemblaient pas à David. Elle se leva, marcha jusqu'aux toilettes, resta interdite devant la porte, fit demi-tour, se rassit, se releva, traversa les voitures jusqu'au bar, composa un numéro de téléphone. Ça ne passait pas. Elle renonça, incapable de parler, se mit à envoyer des textos à David, d'abord des questions, sa détresse, son désarroi, son incompréhension, puis des insultes. Aucune réponse. Elle retraversa les wagons, retourna à sa place. Quelle avait été sa stupeur quand il avait réalisé sa méprise ? Une stupide erreur de manipulation et tout chancelait. Une réponse survint : *Ce n'est rien. Rien. Crois-moi. Rien*, le mot étroit et inefficient l'agressa. Un *rien* qu'il appelait *mon cœur. Crois-moi.* Alice cessa de croire. Elle tenta de maîtriser ses mains qui s'entortillaient comme si elles ne lui appartenaient plus. La fin du trajet se déroula dans un brouillard salvateur. Comme le reste de la journée. Elle fit un discours, échangea des paroles avec des inconnus. L'anonymat des gens qu'elle croisait la protégeait. Quand elle rentra chez elle, David n'était pas là. C'était ce qu'elle lui avait demandé. Le temps de reprendre ses esprits.

Alice aurait voulu commander un autre pain au chocolat. Elle n'osa pas. Plus elle mangeait, plus elle prenait du poids, plus il lui semblait s'éloigner de David. Elle songea à la silhouette parfaite de Cécile.

Elle reprit le magazine. Le premier TGV, le mariage de Lady Di et du prince Charles se superposant aux images de celui de Kate et de William, la mort de Georges Brassens, la victoire de Noah à Roland-Garros. Alice pouvait entendre le bruit des balles de tennis sur le court, les applaudissements, la chaleur du mois de juin. Son père fermait les stores pour conserver un peu de fraîcheur à la pièce. La mort d'Ingrid Bergman, celle de Grace Kelly, *Le Retour du Jedi*, film culte pour Philippe, la sortie de *L'Amant* de Marguerite Duras lu et relu, la mort de François Truffaut, la naissance de Canal +, les manifestations étudiantes, l'arrivée de Gorbatchev, la petite Omayra mourant en direct à la télévision, le premier Resto du cœur, *Out of Africa*, Robert Redford en boucle devant la caméra de Sydney Pollack, les attentats des grands magasins, la prise d'otages au Liban, la défaite des socialistes, la cohabitation. *Le Grand Bleu*, la menace du sida, l'inauguration de la Pyramide du Louvre, la réélection de Mitterrand, *Sexe, mensonges et vidéo*, Dustin Hoffman, la chute du mur de Berlin, Ceausescu renversé, *Sailor et Lula*, la libération de Mandela, la victoire en Coupe Davis de la France et Noah dansant sur le court de tennis, *Danse avec les loups*, la guerre du Golfe, la mort de Serge Gainsbourg qui ébranla Philippe, *Le Silence des agneaux* écœurant alors qu'elle était enceinte, *La Leçon de piano*, l'année de la naissance de son fils, Mandela, prix Nobel de la paix puis élu président d'Afrique du Sud, la naissance de sa fille et celle du premier fils de Cécile, l'Eurostar, le crash de Balavoine en hélicoptère, *Je te donne* de Jean-Jacques Goldman, le mariage de Coluche et de Thierry Le Luron, les marionnettes du Bébête Show, Stéphanie de Monaco chanteuse, *Le Père Noël est une ordure* au théâtre – la mère de Cécile les y avait emmenées, elles avaient retenu les répliques et les avaient apprises à Salomé et à Nine. *Thriller* de Michael Jackson, *Les Enfants du rock* à la télévision, la maladie de François Mitterrand, la fin de sa présidence, la victoire de Chirac, Greenpeace, les Rolling Stones à l'hippodrome de Longchamp sans pouvoir oublier l'absence de Philippe, l'attentat à la station RER, Yves Montand à l'Olympia. Cécile avait offert des places pour le spectacle aux parents d'Alice. New York en trois heures avec le Concorde, l'assassinat d'Yitzhak Rabin, les chansons françaises sur les ondes, la mort de François Mitterrand. Leurs existences se nichaient entre ces pages et ces titres, dans une langue qu'Alice seule était capable de déchiffrer. Qui avait-elle été pendant ces années ? Qui serait-elle ?

Le père d'Alice avait été hospitalisé. Quelques jours avant, il était en pleine forme, un homme solide vieillissant bien. Il disputait des matchs de tennis, battait des plus jeunes, les amis d'Alice et de Cécile, lors de parties acharnées. Un matin, il avait été incapable de se lever, il ne sentait plus son bras gauche, il avait été transporté aux urgences. Une rupture d'anévrisme. On l'avait gardé. Il était assis dans un fauteuil roulant, près de la fenêtre, le visage et le corps paralysés d'un côté, il ne parlait plus. Alice savait qu'il avait toute sa vie redouté la dépendance et l'avilissement. Parfois, à l'insu du personnel hospitalier, Alice et ses sœurs roulaient le fauteuil jusqu'à la pièce réservée aux fumeurs. L'atmosphère y était irrespirable, mais elles retenaient leur souffle et supportaient. L'une d'elles glissait une cigarette entre les lèvres de leur père, il la tenait ensuite de sa main valide, retrouvait furtivement son expression d'avant. C'était dans ce but qu'elles l'emmenaient là, pour revoir une lueur dans les yeux de leur père. Cécile l'accompagnait parfois, mais Alice pouvait sentir son malaise, celui de son père aussi, qui refusait les visites en dehors de celles de ses filles et de sa femme.

Elles s'éloignèrent peu à peu. Alice était absorbée par la disparition progressive de son père, Cécile était obsédée par le projet qu'elles avaient ensemble, par sa nouvelle vie de célibataire. Quand elles se voyaient, Cécile provoquait Alice, la tourmentait pour qu'elle rende ses croquis, elles disposaient de peu de temps pour répondre à l'appel d'offres de la Fondation. Alice faisait ce qu'elle pouvait, le projet lui paraissait moins prometteur. Elle n'était plus sûre d'en avoir la même vision que Cécile.

Ce matin-là, Alice avait conduit sa fille à l'école, c'était une des dernières fois qu'elle faisait le trajet avant son entrée au collège. Alice se dirigea vers le bar-tabac pour acheter des chewing-gums. Cécile y était attablée avec quelques-uns de leurs amis communs. Alice s'apprêtait à les rejoindre mais, en attendant son tour devant la caisse, elle surprit leur conversation.

— Elle me tient à distance, disait Cécile, j'essaye d'être là pour elle, je sais que c'est difficile avec son père, mais je l'emmerde, je le sens, elle ne veut pas de moi. Et elle veut m'empêcher de mener à bien ce projet, je ne renoncerai pas, c'est trop important, elle me fait chier.

— Bien sûr, disaient-ils, c'est même essentiel. On vit tous des drames, le boulot n'a rien à voir, elle ne doit pas t'arrêter. Son père, c'est une chose, votre projet, c'en est une autre. Elle a toujours été jalouse de toi, c'était évident de l'extérieur, de l'agence, de ton talent, tu dois aller de l'avant, la maladie de son père est une fausse excuse. Au pire tu rends le projet sans elle, prends un autre designer…

Alice rebroussa chemin sans en écouter davantage. Elle aurait pu leur faire face, les confondre. Peut-être n'auraient-ils même pas eu l'air gêné tant ils étaient sûrs de leur fait. Elle mit le plus de distance possible entre eux et elle. Elle marcha dans les rues avoisinantes puis s'assit sur un banc, évitant un excrément d'oiseau sur le dossier, ne déplaçant pas son pied quand un pigeon le frôla. Elle avait envie d'appeler Cécile, de lui confier son chagrin, de s'épancher. Cécile ne l'avait jamais blessée et elle pensait que la réciproque était vraie. Elles se protégeaient l'une l'autre, étaient solidaires. S'étaient-elles lassées de s'accorder sur tout ? Les mésententes récentes lui apparaissaient plus nettement, jaillisant brutalement sur une toile désormais imparfaite. Cécile l'agaçait lorsqu'elle travaillait, mais aussi lorsqu'elle exprimait un désir frénétique de sortir, de séduire, comme si elle avait à nouveau vingt ans. Ce qui avait filtré de l'échange qu'elle avait entendu était plus grave qu'une simple dissonance. L'amitié pouvait-elle finir ? Pouvait-on cesser d'aimer ? Qu'est-ce qui prouvait qu'on aimait ? Auraient-elles dû s'éloigner avant d'en arriver là ? Pouvait-on continuer de se chérir après ? Alice croisa les jambes, les serra l'une contre l'autre jusqu'à ressentir un élancement. Les pigeons étaient de plus en plus nombreux autour du banc. Elle ne parvenait pas à les chasser. Elle était attendue au bureau, mais cela ne la concernait plus. Quand elle se décida à appeler ses collègues, ils semblèrent inquiets : elle n'avait pas vu le temps passer, elle prétexta une visite à l'hôpital.

Son père dormait. Elle s'installa en équilibre sur son lit. Il grimaçait dans son sommeil. Pourtant les médecins avaient dit qu'il ne souffrait pas. Alice ne les croyait pas. Cette fin était une déchéance. Alice pensait « fin » sans l'éprouver.

L'hôpital appela quelques jours plus tard et annonça la mort de son père.

Cécile aurait dû savoir qu'Alice n'était pas toujours ce qu'elle paraissait être, tout comme Alice le savait de Cécile.

Plus jeunes, elles écoutaient les Bee Gees et les Beatles en cachette. Devant leurs camarades, elles ne juraient que par des groupes-cultes : Yes, Genesis, Deep Purple. Plus tard, elles furent capables de chanter à tue-tête des chansons de Richard Cocciante mais personne ne devait le savoir. Elles partageaient des secrets imbéciles comme ceux-là, elles en avaient gardé une habitude de dissimulation.

Lorsqu'elles s'étaient mises à sortir le soir, elles s'étaient senties en porte-à-faux. Les lieux où elles allaient les fascinaient, les gens de la nuit aussi. Pourtant, elles ressentaient une forme de mépris pour ce monde artificiel et vain. Elles étaient capables de danser des heures dans un état d'hébétude profonde, se laissaient porter côte à côte. Elles ne se parlaient pas, la musique était trop forte. Parfois, elles restaient assises, interdites devant l'agitation de ceux qui se démenaient pour entretenir une conversation au bar. Ils se penchaient, criaient dans l'oreille de leurs interlocuteurs. Alice cherchait dans la foule un garçon remarquable, tout en songeant qu'il n'aurait pas sa place dans un endroit pareil.

Un sourire charmant devenait irrésistible, un trait d'esprit se transformait en signe d'intelligence. Lorsqu'elles ressortaient au petit matin de la discothèque, échevelées et sourdes, elles ignoraient leur déception, convaincues que les rencontres avaient lieu n'importe où, que l'existence serait jalonnée d'ébahissements. Le temps de leur amitié fut marqué par cette expectative, les tint en haleine. Est-ce que l'affection, l'admiration mutuelle ne s'étaient pas effondrées avec leurs illusions ?

Un soir, un groupe de jeunes de leur âge prit place à la table où Alice était assise. Cécile et leurs amies s'étaient levées quelques minutes plus tôt, rejoignant la piste.

— On ne vous dérange pas ? Vous êtes seule ? demanda un garçon grand et mince.

Alice balbutia quelque chose qui signifiait que la place n'était pas libre, ne fut pas entendue. Ils s'assirent. Ils étaient quatre. Un couple et deux garçons.

— Cela n'arrive qu'aux pédés, dit un garçon aux cheveux longs et lisses.

Ils commentaient la mort de Klaus Nomi, de Rock Hudson. On commençait à parler du sida. Cécile et Alice ne se sentaient pas concernées, comme beaucoup de leurs amis. La conversation dévia assez vite. Quand Cécile revint s'asseoir, on parlait de Michael Jackson, un des garçons pensait que c'était le plus grand génie de sa génération, l'autre n'aimait que les Stones. Cécile se tourna immédiatement vers lui. Alice dut écouter en quoi Jackson révolutionnait le monde de la musique et de la danse.

Ils échangèrent leurs numéros de téléphone. Cécile tomba amoureuse du fan de Michael. Éric devint le père de ses enfants et fut son seul amoureux pendant toute sa jeunesse, et une grande partie de sa vie d'adulte. Alice eut une histoire qui dura un peu avec le garçon aux cheveux longs. Fut-elle amoureuse ? Ou eut-elle envie de l'être ? Elle croyait de plus en plus aux amours qu'on s'invente.

À cette époque, elles dormaient souvent chez Cécile. Madeleine partait en province pour promouvoir son livre. Le téléphone sonna en pleine nuit, elles venaient de rentrer. Alice vint se placer derrière Cécile quand celle-ci décrocha. À cette heure-là, ce ne pouvait être qu'une mauvaise nouvelle. Elle ne devina pas tout de suite l'identité de l'interlocuteur. Cécile se tenait droite et impassible, écoutant quelqu'un qui semblait ne pas faire de pause.

— Je ne te donnerai pas d'argent, dit-elle, je sais ce que tu en ferais, tu ne peux pas me demander ça.

Alice guettait un signe d'émotion chez son amie, frôla son épaule. Cécile eut un mouvement de recul et lui tourna le dos. Alice essayait de capter la voix de Philippe. La dernière fois qu'elle l'avait vu, il était allongé par terre dans la cabane du jardin, à Sollière, le visage tourné vers le plafond, les yeux écarquillés. Des garçons et des filles l'entouraient, vautrés à même le sol. Alice avait noté, dans un coin de la pièce, les seringues, les cuillères, les briquets et les élastiques. Elle avait détourné les yeux, elle se souvenait précisément des gestes de Philippe lorsqu'il préparait un shoot. La cuillère chauffant au-dessus de la flamme. L'élastique enserrant son bras, avant qu'il n'enfonce l'aiguille dans la veine. Alice se cachait les yeux à ce moment-là. Ça puait à l'intérieur de la cabane. Elle avait ouvert la porte, s'était ravisée, était revenue sur ses pas. Elle s'était agenouillée près de Philippe. Il l'avait balayée d'un regard trouble, elle avait tenté en vain de l'accrocher. Les traits étaient ceux qu'elle connaissait mais Philippe en était absent. Il lui avait adressé un sourire niais, avait saisi sa main et murmuré : « Mon ange ». Il n'avait jamais appelé Alice ainsi. L'avait-il vraiment reconnue ? Il avait maigri, son torse large semblait avoir rétréci, il était sale, les pieds et les mains noirs de crasse, les ongles longs et racornis, les cheveux ternes et répugnants. Alice avait ignoré la sensation de dégoût. Elle s'était sentie triste et avait retrouvé la sourde inquiétude qu'elle avait souvent éprouvée en présence de Philippe. Elle n'oublia pas cette vision de lui mais la plupart du temps, elle revoyait l'autre Philippe. Il apparaissait dans des rêves incongrus, lui parlait, elle ne le comprenait pas. Cécile se confiait à Alice, pleurait parfois, elle ne se l'autorisait qu'avec son amie.

Le père de Cécile n'avait plus aucun contrôle sur son fils. La mère de Philippe, en dépression, laissa la belle-mère prendre les choses en main. Pour la première fois, Cécile fit alliance avec elle, et elles réussirent à faire interner Philippe dans un centre de désintoxication. Il disparut pendant de longs mois, puis Alice reçut des lettres qui semblaient écrites par un dément mais n'étaient pas dénuées d'une certaine beauté. Il empruntait les mots des autres, ceux de Jimmy Hendrix, de Mick Jagger, de Bob Dylan. Il faisait des fugues, finissait par revenir au centre, ne sachant pas où aller. Un soir, il appela Alice. « Si tu savais comme je pense à toi. » Cela ne l'émut pas. Elle avait compris très vite la raison de son appel. Il avait besoin d'argent. Elle céda, lui donna rendez-vous. Elle n'en parla pas à Cécile, ni des lettres, ni du coup de téléphone. Elle savait combien Cécile serait blessée qu'il ne l'ait pas appelée, elle. Alice alla à la banque, sortit du liquide. Elle touchait un salaire depuis peu de temps. Elle se ravisa au dernier moment, prévint le père de Cécile. Il se rendit au rendez-vous à sa place, persuada Philippe de retourner au centre. Alice ne connut jamais la nature de l'entrevue entre le père et le fils. Qu'est-ce qui avait pu faire céder Philippe ? Il était majeur, il pouvait résister. Il ne le fit pas. Était-elle pour quelque chose dans sa capitulation ? Elle savait qu'elle l'avait déçu. Avait-il agi par désespoir ? Par provocation ? Elle n'eut plus de nouvelles. Cécile et elle cessèrent de parler de lui mais ce non-dit tranchant les rapprocha. L'une et l'autre ne doutaient pas de la guérison de Philippe. Il surgissait dans les sommeils d'Alice, lui faisait l'amour, la « baisait », comme il disait. Elle se réveillait à côté de David, troublée par cette apparition. Pourtant elle ne voyait plus son visage. Elle essayait, n'attrapait qu'une expression, qui s'évanouissait aussitôt.

Alice observait les tressaillements dans le dos de Cécile.

— Non, non, Philippe, n'insiste pas, disait-elle en émettant de tout petits sanglots. Tu me manques. Reviens, s'il te plaît. Non, ne dis pas ça, je…

Il avait dû raccrocher parce qu'elle s'interrompit au milieu d'une phrase, se figea, le combiné dans la main. Alice la regarda le reposer avec lenteur, n'osa plus faire un geste vers elle. Alice respectait les distances imposées par Cécile. Elle improvisa un goûter nocturne que l'une et l'autre firent semblant d'apprécier.

Lorsque Cécile rencontra Éric, une nouvelle ère commença. Alice passa beaucoup de temps avec le couple, puis on lui présenta Patrick. Ils se plurent tout de suite. Leur relation fut houleuse. Ils se disputaient. Il aimait séduire, elle était jalouse et lui faisait des scènes interminables. Quand cela prenait fin, exsangue, elle lisait et relisait Proust, les pages qui ne parlaient que de ça, la jalousie de Swann, celle du narrateur, les mensonges d'Odette et d'Albertine. Elle lisait *L'Ennui* de Moravia. La littérature densifiait ce qu'elle vivait, lui donnait de la valeur.

Patrick avait un studio où elle le rejoignait le cœur battant, craignant de le surprendre avec une autre. Il terminait Sciences Po. Alice admirait sa capacité de travail. Elle ne savait plus ce qu'elle voulait faire, avait pratiquement arrêté la fac, vivait encore chez ses parents, dormait avec ses sœurs. Lorsqu'elle était couchée, elle ne se sentait pas à sa place dans la chambre d'enfant. Elle veillait tard, les yeux grands ouverts sur l'obscurité, elle entendait son père se lever, ils partageaient leurs insomnies. Elle le rejoignait. Ils s'asseyaient côte à côte et mangeaient quelque chose sans dire un mot. Son père n'était pas bavard, mais elle le sentait complice, parfois une phrase suffisait.

— Patrick est occupé ?

— Oui, répondait-elle.

Il hochait la tête et murmurait que ce n'était pas facile. Une constatation. Ni complaisant, ni attentionné. Cela convenait à Alice, elle recherchait ces moments d'intimité avec son père, sans la présence de sa mère, de Salomé, de Nine.

Quand Patrick et elle se réconciliaient, ils faisaient l'amour frénétiquement et elle se persuadait qu'elle vivait une histoire intense.

— L'amour doit-il faire autant souffrir ? demandait-elle à Cécile.

Cécile affirmait que les secousses, c'était ce que les gens recherchaient. Alice, sceptique, doutait du sentiment amoureux. La passion ne naissait-elle pas d'un mirage ?

— Qu'on l'invente ou pas, elle finit par exister, se moquait Cécile, c'est comme le Père Noël, si tu as envie d'y croire, il viendra.

Un matin, Cécile, Salomé et Nine firent asseoir Alice.

— Il faut qu'on te parle, dit Salomé, on a beaucoup hésité, on s'est concertées, mais on doit te dire ce qu'on sait.

Alice comprit tout de suite.

— C'est Patrick ?

Cécile appuya sa joue sur son épaule.

— Arrête, tu m'emmerdes, dit Alice en la repoussant, ne te mets pas à changer d'attitude avec moi. Je ne suis pas en sucre. Il me trompe, c'est ça ?

— Oui, dit Cécile, mais si ça avait été un accident, une fois, on ne t'aurait rien dit.

— Comment ça, un accident ? On trompe par accident maintenant ?

Elle ne parvenait pas à maîtriser le flux de ses paroles, ni le son de sa voix qui partait dans les aigus. Elle se tut. Cécile et ses sœurs l'imitèrent. Elle ne demanda pas de détails, ne leur était pas reconnaissante, mais n'aurait pas voulu rester seule. Elle souhaitait figer l'instant, elles quatre, ne pas affronter la suite.

Patrick ne nia pas. Maintenant que ses fantasmes de jalousie avaient pris corps, Alice n'éprouvait plus le besoin de crier. Elle n'avait rien à dire.

— Ce n'est pas contre toi, dit-il, je suis fou de toi. Mais nous sommes trop jeunes pour cette vie de couple installé, parfois j'ai besoin d'air.

Alice ne voyait pas en quoi ils étaient installés. Elle souffrait de ne pas être nuit et jour avec lui, d'être encore chez ses parents, et cela ne faisait qu'un an qu'ils étaient ensemble. Elle lui donna un coup de poing dans l'estomac et le mit dehors. Elle eut de la fièvre, se tordit de douleur. Des coliques néphrétiques. Sa mère, Salomé, Nine et Cécile se relayèrent à son chevet. Patrick tenta de l'approcher, réitéra ses appels, elle tint bon.

— Il n'était même pas ton genre, dit Cécile, reprenant l'expression de Swann. Pense à ce que tu es, à ce que tu veux.

Alice envoya un dossier de candidature à la Parsons. Elle fut acceptée, partit pour New York. Là-bas, elle partageait un studio dans le foyer avec deux étudiantes. Elle tenta de faire son nid dans un coin qui contenait un lit et une armoire. Elle disposait du même espace restreint qu'à Paris, mais la promiscuité avec des inconnues la terrifiait. L'odeur du lit la dérangeait, l'intimité de ses voisines lui pesait, la salle de bains et les toilettes la dégoûtaient. Elle appréhendait la nuit, lorsqu'il lui faudrait s'endormir en écoutant des ronflements étrangers. La première fois, elle pleura à chaudes larmes, se dit qu'elle ne tiendrait pas, elle devait reprendre un avion. Elle échafauda des scénarios pour rentrer la tête haute, ne pas décevoir ses parents. Après tout, c'était leur faute, ils l'avaient couvée, elle n'était pas adaptable, une petite fille maniaque. Elle craignait qu'il arrive quelque chose à ses grands-parents, de ne plus les revoir.

— C'est toi, la vraie bourgeoise, disait Cécile qui était habituée aux privilèges mais y renonçait facilement.

La voix de Cécile lui manquait, c'était compliqué et cher de téléphoner, un échange quotidien était exclu. Vivre sans sa famille lui semblait impossible.

Puis Alice prit ses marques, sympathisa avec ses colocataires. À la Parsons, les cours la passionnaient, elle se lia avec des élèves de toutes nationalités. Elle visitait la ville, marchait des heures, apprivoisait la solitude, apprenait à l'apprécier.

Elle écrivait beaucoup de lettres. Sa mère lui répondait, son père se contentait de signer en bas de page, leurs rencontres nocturnes semblaient loin. Cécile et elle se faisaient de longues déclarations littéraires, tressaient des couronnes à leur amitié.

Philippe, guéri, emménagea à Paris. Alice ne regrettait rien, elle était ailleurs.

On la demanda au téléphone.

— Alice. Enfin. J'ai eu du mal à te joindre.

Elle reconnut immédiatement Philippe, en resta muette.

— Alice ? Tu es là ?

— Je pensais ne plus avoir de tes nouvelles, que tu m'en voulais, je…

— Tais-toi, je ne t'en veux de rien. Tu vas bien ? Comment c'est ? Je t'envie. New York ! Cécile m'a montré des photos de toi, ouah !

Son timbre se brisait sur certaines syllabes, comme s'il ne pouvait pas les prononcer.

— Il paraît que tu t'es mis à la menuiserie ?

— Tu sais, ça ou autre chose, l'important c'est d'être actif.

— Tu es sûrement doué.

— Non, ne dis pas de bêtises, je ne suis doué pour rien, je ne suis pas comme vous, et je me fous de la menuiserie.

— Je suis si contente que tu m'aies appelée. Tu ne veux pas venir avec Cécile ? Elle arrive dans une semaine. Demande à ton père.

— Comme si j'allais demander quelque chose à mon père, et puis j'ai mon boulot. Mais, je dois te parler, Alice.

— Je m'en doutais.

— Écoute-moi. Je ne peux pas rester au téléphone. Promets-moi de te contrôler.

— De me contrôler ?

Elle sentit l'inquiétude revenir, lui vriller l'estomac, elle inspira.

— Dis-moi, je t'écoute.

— Je suis séropositif.

Elle resta d'abord sans voix.

— Tu as le sida ? Mais… tu n'es pas malade ?

— Non. Pas pour le moment. J'ai dû être contaminé tout au début. Une des premières fois où j'y ai touché.

— Mais tu vas te soigner ?

— Je ne sais pas, Alice.

— Comment ça, tu ne sais pas ? Tu dois le faire. Tu t'es renseigné ? Quelqu'un t'a accompagné à l'hôpital ? Cécile le fera.

— Je suis suivi. Mais tu es la première à qui j'en parle. Cécile ne sait rien, je voudrais que tu le lui dises, qu'elle l'apprenne quand tu seras à ses côtés.

— C'est pour ça que tu m'as appelée ? Pour que je le dise à Cécile ?

— J'ai confiance en toi.

Alice ne savait pas comment achever la conversation. Avait-il besoin de réconfort ? Ou était-ce elle ?

— Je t'aime, dit-elle, je voudrais pouvoir faire quelque chose.

Les mots étaient venus spontanément.

— Fais attention à toi, mets des préservatifs, ne couche pas avec n'importe qui. Tu vois, je t'ai toujours dit de ne pas coucher avec n'importe qui, ricana-t-il.

Alice ne réagit pas.

Un élève bouscula Alice, on attendait le téléphone. Elle aurait voulu ajouter quelque chose, trouver mieux. Elle raccrocha. Elle voulait prendre l'air, marcha jusqu'à Washington Square où de nombreux drogués venaient s'échouer. « Saloperie de maladie », chuchota-t-elle pour elle-même. Elle continua de marmonner, consciente de ressembler aux fous qui parlent seuls. Elle ne parvenait pas à s'interrompre, cracha des insultes pendant toute sa promenade, se sentit mieux.

Quand Cécile arriva, elle était prête. Comment lui annonça-t-elle la maladie de Philippe ? Elle ne s'en souvint pas. Cécile y avait pensé, contrairement à Alice. Elles discutèrent de la situation des malades, de la recherche qui progresserait. Philippe s'en sortirait, il avait vu pire.

— Tu ne pourras jamais coucher avec lui, dit Cécile quelques jours plus tard. N'est-ce pas ironique ?

— Qu'est-ce que tu racontes ?

— Ne dis pas que tu n'y as jamais pensé ? À coucher avec mon grand frère ? dit Cécile.

— Arrête, c'est dégueulasse. Il n'y a rien entre Philippe et moi.

— Je sais bien, ne t'énerve pas. Heureusement d'ailleurs, je te tuerais sinon. Et maintenant, ça n'arrivera pas, tu aurais trop peur avec un malade. C'est de l'humour noir, tu n'aimes pas ?

Alice se sentait vaguement coupable, elle ne savait pas de quoi.

— Si on arrêtait ? dit-elle.

— Oui, dit Cécile.

Elles remontèrent vers Broadway. Les Twin Towers se découpaient sur le ciel bleu vif. Elle marchait près de Cécile. Philippe était vivant, il y avait eu ce désir palpable entre eux. Elle le conservait intact. Une réverbération.

Alice,

Je voudrais entendre le 23e concerto pour piano de Mozart. Nous avions commencé à l'écouter lorsque tu es rentrée de New York. Nous venions d'avoir nos permis. Mon père m'avait offert les cours de conduite et une voiture. Tu n'avais pas cette chance, tu travaillais pour te payer ce que j'obtenais sans effort. Tu ne me l'as jamais fait sentir. Tu n'as jamais paru m'en vouloir. Nous roulions sur une route de campagne. C'était la fin de l'été. Tu as changé la cassette et mis *Septembre*.

Quel joli temps pour se dire au revoir
Quel joli soir pour jouer ses vingt ans
Sur la fumée des cigarettes
L'amour s'en va
Mon cœur s'arrête

La voix de Barbara tremblait, déraillait lorsque la voiture cahotait. Mon père venait de me proposer de reprendre l'agence, tu cherchais du travail. Prendre la suite de mon père, était-ce la bonne décision ? Aurais-je dû tenter de monter ma propre société ? Me faire engager ailleurs ? J'avais un problème de légitimité. Tu te réjouissais pour moi, personne ne pourrait remettre en cause mon talent, ils le verraient vite. J'enviais presque la précarité de ta situation, j'y voyais la liberté. Tu ne savais pas ce qui t'attendait, mille possibilités s'offraient à toi alors que je me sentais piégée. Tu as balayé mes doutes. L'agence serait un tremplin pour créer, pour faire ce que je voulais. Je me suis tournée vers toi, un mouvement fugace avant de me concentrer à nouveau sur la route. Je te regardais souvent à la dérobée. Tu n'avais pas besoin de te coiffer, tes cheveux bouclés te paraient, tu donnais de l'élégance au pantalon le plus informe, tu avais une mine éclatante sans la moindre touche de maquillage. À quel moment l'admiration s'est-elle transformée en animosité ? Imperceptiblement, l'attention, la tendresse se sont transformées en irritation, en impatience. Je me suis mise à te contredire, auparavant nous nous efforcions d'être d'accord. Ma mère trouvait ça malsain. Dès l'enfance, ma passion pour toi l'avait agacée, elle me trouvait irréaliste, on finissait toujours par être trahi. « L'inconditionnel n'existe pas dans les sentiments », disait-elle. Ma mère, pourtant, t'avait portée aux nues, du moins je le croyais. D'un jour à l'autre, elle s'est mise à te détester sans qu'il y ait aucun sas entre les deux extrêmes. Mon père a simplement cessé de parler de toi. Il s'était toujours méfié de nos confidences, les craignait. Ce que Philippe ressentait pour toi, je refusais de l'analyser. Je l'ai nié. Me pardonneras-tu ? Mes lèvres sont scellées. Des sons à mon oreille, Mozart et Barbara un matin, à l'aube de l'automne.

Les voix sont suspendues à nouveau. Pourtant, tout n'a pas été dit. Les images se bousculent, m'envahissent, ma tête n'est plus qu'un kaléidoscope qui me heurte, m'apaise ou m'exalte. Je voudrais tomber. Le vide.

J'ai dit oui à Éric sans qu'il se déclare, sans même y réfléchir. Nous nous sommes installés ensemble. Je suis passée de ma mère à Éric. Avec elle, on formait un couple. Après mon départ, elle a accepté qu'un homme vienne vivre à ma place. Tu as été déçue, tu la croyais plus indépendante. Elle ne semblait même pas l'aimer. Mon père nous a acheté un petit appartement. Il avait envie de jouer au père modèle, d'inviter ses collaborateurs à une cérémonie, de me conduire à l'autel. C'est lui qui a parlé de mariage en premier. Il fut célébré dans la plus pure tradition catholique. Un modèle d'hypocrisie. Un simulacre. L'église, puis une fête grandiose dans un château. Tu m'as accompagnée dans cette comédie, je me demande pourquoi. Nous avons choisi ma robe de mariée, je me rappelle avoir répété à plusieurs reprises à la vendeuse empressée : « Quelque chose de simple. » Je craignais le ridicule. Je ne voulais pas entendre parler du plus beau jour de ma vie.

— Bien sûr que ça ne le sera pas, as-tu dit, qui peut croire ça ?

J'ai essayé une robe fuseau bustier, refusé le voile, juste un chignon, quelques mèches autour du visage.

— Quelle connerie, disait ma mère. Quel besoin de te marier ? Depuis quand écoutes-tu ton père ?

La veille, nous avons dîné avec tes parents, Nine et Salomé. Nous avons dormi chez eux comme avant. Vous m'avez entourée d'affection pour tenter de pallier l'absence de Philippe. Vous êtes parvenus à me réconforter. Dans la chambre, tu as dit que les rôles auraient pu se distribuer autrement, c'était toi qu'Éric avait abordée en premier et c'était moi qui t'avais poussée à revoir David. Tu avais l'air perturbée par le cours que prenaient nos vies. Aurions-nous pu les échanger ? Tu étais rentrée des États-Unis depuis quelques mois, tu venais d'accepter un boulot dans une entreprise d'agencement de bureaux. En attendant mieux. Tu t'y ennuyais. David et moi t'assurions que c'était provisoire. Tu t'intéressais de plus en plus au design, à la fonctionnalité des objets dans nos intérieurs. Nous n'avions pas peur d'être changées par la vie conjugale, nous étions sûres de nous, avions des choses à accomplir, nos compagnons le savaient, eux aussi avaient de l'ambition. Nous n'étions pas féministes comme nos aînées mais n'avions pas l'intention de rester des femmes au foyer. Nous voulions gagner nos vies, plus que ça, les changer en profondeur. Dans la nuit, je me suis réveillée en sursaut.

— Cécile, ça va ? as-tu demandé.

— Je ne peux plus respirer.

Tu avais l'habitude, tu es restée calme.

— Bois un peu d'eau, assieds-toi.

— Je ne peux pas, je ne peux pas bouger.

Tu m'as tendu la main, je l'ai prise, je l'ai posée sur ma poitrine.

— Écoute, vois comme il bat fort, ce n'est pas normal.
— Tu dois juste te détendre.
— Je n'y arrive pas. Et si je faisais une crise cardiaque ?
— Je suis sûre que non. Tu fais une crise d'« angoisse prénuptiale », c'est tout.
— Ce n'est pas drôle.
— Je ne ris pas.
Tu t'es levée et m'as rapporté un verre d'eau. Tu as allumé la lumière. Les battements de mon cœur se sont ralentis peu à peu.
— Je vais avoir une tête de déterrée demain.
— On s'en fiche, as-tu dit. Et puis, ce n'est pas si grave que Philippe ne soit pas là. Pourquoi as-tu accepté ce mariage qui ne te ressemble pas ?
— Tu me poses enfin la question. Je ne sais pas. Pour mon père, je crois, il s'accroche aux traditions et moi, ça ne me dérange pas tant que ça. Finalement je crois qu'Éric aussi y tenait.
— Tu aurais pu au contraire ne pas faire ce que voulait ton père. Je sais que tu lui en veux.
— Pourquoi dis-tu ça ? Il est le père qu'il a pu être.
— S'il avait été différent, cela aurait changé beaucoup de choses pour Philippe.
— Qu'est-ce que tu veux me faire dire ?
— Tu as le droit d'être violente même si c'est choquant. Avec moi tu peux, insulte ton père si ça te fait du bien.
— Je ne vois pas en quoi ça me ferait du bien. Je déteste la violence. Et puis Philippe est une énigme, plus j'essaye de la résoudre, plus elle m'échappe. Il

dissimulait tant de choses. Quand a-t-il commencé à sombrer ? Pourquoi n'ai-je rien vu ? Aurions-nous pu le rattraper ? Je ne veux plus me poser de questions.

— Je ne te crois pas.

— Il y a des choses qui doivent rester tues. Même entre nous, ai-je répondu.

— Tu cherches à me blesser ou tu as quelque chose à me dire ?

— Tu te souviens quand je faisais des cauchemars ? Philippe se levait la nuit. Un jour, il m'a demandé pardon de ne pas avoir su me protéger. Il était mon grand frère, il aurait dû me protéger.

— Te protéger de quoi ?

— De nous, de mon amour pour lui, de nos parents et du reste.

Tu n'as pas commenté cette dernière phrase mais tu as dû y repenser par la suite et m'en vouloir de ne pas avoir parlé. C'est tout ce dont j'étais capable. On s'est tues. Je revois l'ombre de la lampe de chevet sur le mur encore violet de votre chambre. Salomé et Nine dormaient. Nous avions chuchoté. Les rideaux indiens dessinaient des arabesques au plafond, je les connaissais par cœur. Le lendemain, avant d'entrer à l'église, je t'ai murmuré que tout était limpide, aucun mystère ne se dressait entre nous. J'ai pris le bras de mon père pour avancer vers Éric. L'un et l'autre me paraissaient déguisés dans leurs costumes élégants. Je me suis tournée vers toi et t'ai été reconnaissante d'être jolie et simple dans ta robe à fleurs.

Je ne distingue plus les variations du jour et de la nuit, je vis une seule et même heure, à supposer que je vive encore. Mes pensées surgissent sans logique apparente. J'ignore d'où elles viennent et pourquoi c'est à toi que je m'adresse. Quelle place t'ai-je attribuée pour que des morceaux épars de ce qui fut moi te soient destinés ? Tu n'en sauras rien. Tu ne les recevras pas.

Les pleurs de ma mère, de mes enfants ne m'atteignent pas. L'émotion m'a désertée.

Plus les heures passaient, moins Alice se sentait capable de bouger. Elle avait prévenu, elle ne viendrait pas à l'atelier aujourd'hui. Le soleil frappait maintenant à l'endroit où elle était assise. Elle changea de place. Autour d'elle, on nettoyait les traces des cafés matinaux, on commençait à dresser les tables pour le déjeuner. Elle dérangeait, mais n'avait pas l'intention de s'en aller. David devait être au bureau, ou bien il aménageait son nouvel appartement. Elle essaya d'imaginer les meubles qu'il pourrait acheter, les tissus, ce qu'il mettrait au mur. Elle s'était consacrée à l'aspect pratique de leur vie. Saurait-il choisir ? Prendrait-il ce qu'Alice aurait aimé ? Le ferait-il sans même en avoir conscience ? Ou, au contraire, en prendrait-il le contrepied ? Voudrait-il effacer la moindre empreinte ? Alice s'était toujours étonnée du changement qui se produisait dans les choix, le mode de vie quand les couples rompaient. Elle avait vu des amis sortir avec des personnes radicalement opposées à celles avec lesquelles ils vivaient auparavant. Cela pouvait-il être autrement ? David ne serait pas différent. Une blessure de plus.

Après leur rupture, Cécile avait changé. De coiffure, de vêtements, d'amis, d'opinions. De cela, plus que de tout, Alice s'était sentie trahie.

Cécile s'était finalement investie dans l'agence de son père, y avait insufflé une dynamique, avait remporté de nombreux concours. Elle était citée dans la profession comme l'une des jeunes architectes les plus prometteuses. Accaparées par leur travail, elles persistaient à se voir ou, au moins, à se téléphoner quotidiennement. David et Éric s'entendaient bien. Ils partaient tous en week-end, allaient passer un mois d'été à Sollière, que le père de Cécile avait déserté. Philippe vivait en Amérique du Sud, il était cuisinier dans un restaurant.

Cécile invita Alice à Sollière quand il annonça son arrivée. Les garçons de Cécile le guettaient, ils allaient régulièrement le voir au Venezuela. Cécile et elle bavardaient dans le salon quand elles entendirent le taxi. On se précipita. Alice se sentait gauche, ne savait pas quelle attitude adopter. Elle n'avait pas revu Philippe depuis des années. Il avait repris du poids, une carrure imposante. Ses cheveux ne bouclaient plus mais avaient retrouvé leur blondeur. Il se pencha vers le fils et la fille d'Alice, les observa longuement.

— Ils te ressemblent, dit-il en relevant la tête.

Il ne s'approcha pas. Alice non plus. Cécile les entraîna dans le jardin. Philippe retrouva son rôle d'antan, organisa des jeux pour les petits, il les prenait sur ses épaules comme il l'avait fait avec Alice et ses sœurs. Il l'évitait, elle calquait sa conduite sur la sienne, mais, malgré eux, leurs regards convergeaient vers le même point.

Il était assis sur son lit lorsqu'elle sortit de la salle de bains, une serviette enroulée autour d'elle.

— Viens, dit-il.

Ils ne savaient par quoi commencer.

— Tu as l'air en forme.

— L'hépatite donne bonne mine.

— Tu vas bien ?

— Si on veut, dit-il. Je suis en traitement.

Il raconta la trithérapie, les pilules à heures fixes, les effets secondaires. Chaque jour qui passait augmentait ses chances. Ceux qu'ils avaient connus, avec qui il s'était défoncé, étaient morts. Il était le survivant de la bande, d'une époque où on ignorait qu'il fallait se protéger. Ils étaient la génération sacrifiée. Alice l'écoutait, cherchait la tache au milieu de la pupille, qui lui parut rétrécie. Il posa la main sur sa cuisse nue et la caressa de la paume. Elle le laissa faire, se demandant si ce geste avait une signification, ou s'il l'effectuait machinalement.

— Tu as peur de la mort ?

Il hésita.

— Non. Je suis prêt à partir s'il le faut. Je ne vous imposerai pas la vision de moi décomposé.

— Qu'est-ce que tu veux dire ?

Il ne répondit pas, évoqua la méditation. Une vie spirituelle. Elle ne disait rien.

— Tu te sens loin de tout ça, dit-il.

— Sans doute. Nous vivons dans des mondes si étrangers.

— Ne crois pas ça, tu es avec moi. Que tu le veuilles ou non.

— Qu'est-ce que vous faites ? cria Cécile. Le dîner est prêt.

— On arrive.

Il se remit debout.

— Je l'envie, ton David.

Il revint dans sa chambre au milieu de la nuit, ne frappa pas, entrouvrit la porte. Elle n'alluma pas, se redressa dans son lit.

— C'est moi, dit-il.

— Qu'est-ce que tu veux ?

Il tâtonna dans l'obscurité pour la trouver, effleura ses épaules.

— Je peux rester ? demanda-t-il. Dormir avec toi.

— Dormir avec moi ?

— Oui. Rien d'autre.

Elle se poussa pour lui faire une place dans le lit, lui tourna le dos et s'installa contre lui. Ils s'emboîtèrent parfaitement. Une partie d'elle était extérieure à la scène. Elle les voyait étendus. Il passait un bras autour d'elle, lui enlaçait les doigts, posait ses lèvres sur son omoplate, la mordillait. Son étreinte n'avait rien de sexuel. Alice ne le désirait pas ou se l'interdisait. Ils restèrent ainsi l'un contre l'autre. La séropositivité empêchait-elle quelque chose ? Peut-être ne voulait-il pas le savoir. Elle cherchait un moyen de le maintenir éveillé, ne savait pas quoi lui dire. Ce fut lui qui rompit le silence.

— Comment va Cécile ?

— Tu le vois, elle va bien.

— J'ai toujours peur pour elle.

— Et elle a peur pour toi.

— Cécile est plus fragile que moi. J'aurais dû assurer.

— Qu'est-ce que tu racontes ?

Il ne répondit pas. Alice insista.

— On la détruisait, je le savais. Je n'ai rien fait pour l'éviter.

Alice se pencha vers la table de nuit, pressa l'interrupteur. Philippe était couché sur le dos, fixant les poutres.

— De quoi parles-tu ? dit-elle. J'en ai assez des insinuations.

— Je parle de notre père, cet enfoiré.

— Quoi, votre père ?

— Il la touchait, ça a duré des années, quand elle était petite. Ça s'est arrêté quand il s'est remarié. Je les ai surpris, j'étais un petit garçon, je me suis détourné, j'ai fui. Mais je l'ai toujours su. Et je n'ai pas parlé, je n'ai pas bougé. Je suis aussi pourri que lui.

Il roula sur le côté.

— Regarde-toi, tu es effarée, tu ne peux plus prononcer un mot. Tu n'y crois pas. Tu penses que Cécile t'en aurait parlé ? Mais il n'y a pas de mot pour ces actes. Je lui ai demandé pardon un jour, je voulais lui dire que je savais. Elle est restée de marbre, a fait comme si elle n'avait rien entendu, peut-être même n'a-t-elle rien entendu. Quel con j'ai été.

Il se tut. Alice replia les jambes et referma les bras autour de ses genoux, se recroquevilla. Sa chemise de nuit glissa et découvrit ses seins. Il tendit une main vers elle, suspendit son geste, rajusta les bretelles et déposa un baiser sur son épaule. Il éteignit la lumière et la reprit dans ses bras. Elle aurait voulu qu'il continue à parler mais il ne dit plus rien. Le jour allait se lever, les oiseaux commençaient à chanter, une lueur filtrait à travers les volets, zébrait le tapis de la chambre. Soudé à elle, il respirait régulièrement, elle le crut endormi. Elle caressa les cheveux, la barbe, le visage couvert de larmes. Il l'enfouit dans son cou, lui écrasant la clavicule. Elle sombra dans le sommeil malgré la pointe de douleur.

Ce furent ses enfants qui la réveillèrent, Philippe avait quitté la chambre. La journée avec lui fut joyeuse. Des frôlements, des étreintes furtives. Cécile était de bonne humeur, Alice sut qu'elle ne dirait rien. Jusque-là, elle avait cru à la suprématie de la parole. Le temps s'écoulerait quoi qu'il arrive, ponctué par des détails infimes qui rendraient l'insupportable supportable, l'inacceptable acceptable.

Au retour, elle ne dit rien à David, elle ne se sentit pas autorisée à parler sans trahir Cécile. Elle était la seule personne avec qui elle aurait dû l'évoquer. Elle n'y parvint pas, le non-dit demeura entre elles. Cela continuerait. Rien ne devait les désunir. Alice en vint à souhaiter l'avoir ignoré. Elle aurait dû être capable de dire son amour à Cécile, comme l'avait fait Philippe. Elle mit des mois, des années, s'en voulut.

Alice prit un mi-temps chez Intervalles, et créa sa marque. Elle concevait des objets, les faisait fabriquer. Elle trouva un diffuseur. Cécile l'encourageait, vint l'aider à aménager lorsqu'elle trouva l'atelier. Un petit espace clair en rez-de-chaussée qu'elles retapèrent ensemble. Cécile y venait à l'improviste.

— Je me suis disputée avec mon père, dit-elle. Je lui ai dit que j'envisageais de quitter l'agence, il est devenu fou. Je crois que c'est la première fois que je m'oppose à lui.

— Mais tu vas le faire ? Tu vas tenir ?

— Je crois, je suis décidée.

— Et ton père ?

— Je ne sais pas, il ne veut plus me voir si je maintiens ma décision. Mais je vais le faire. Qu'on ne se voie plus si c'est ce qu'il veut. Il est tellement invivable.

— Peut-être que tu dois rompre avec lui, Cécile, il t'a fait beaucoup de mal.

— Surtout à Philippe. Je lui en veux pour ça.

— Je parle de toi, Cécile, de ton enfance, je suis au courant. Philippe m'en a parlé.

Alice s'interrompit. Cécile s'était figée, se tenait droite, fixant un point devant elle.

— Pardon, je m'y prends mal, je voulais juste te le dire. Je suis au courant, et, si tu veux, je n'en parlerai plus.

L'immobilité de Cécile lui parut effrayante.

— Je t'aime, dit-elle encore, je voulais que tu saches que je sais.

— Tant mieux, dit Cécile d'une voix blanche.

Alice se sentit paralysée à son tour, n'osa plus émettre un son.

— Ne crois pas que ce soit un drame, dit Cécile, ça ne l'est pas. En fait, c'était plutôt agréable. Je sentais bien que c'était mal, mais je ne souffrais pas, je crois même que j'aimais ça, tu comprends ?

Alice ne comprenait rien mais hocha la tête.

— Ça ne faisait pas mal, on ne peut dire ça à personne. Ce n'est pas un monstre, tu sais.

Alice aurait voulu la prendre dans ses bras mais une barrière invisible et infranchissable semblait s'être érigée entre elles. Elles n'en reparlèrent pas.

Alice,

Ma mère veut savoir s'il y a une chance que je me réveille un jour.

— Docteur, dit-elle, je ne serai pas comme ces mères, ces maris, ces enfants qui maintiennent un légume en vie pendant des mois, des années. Ça vous choque peut-être mais je préfère savoir. Cela va nous rendre fous, vous comprenez ? Si on doit la laisser partir, dites-le-nous. Expliquez-nous. Qu'est-ce qu'elle a exactement ? Vous aviez dit qu'elle pourrait se réveiller.

Elle finit dans un sanglot :

— Ma chérie, pardonne-moi, je ne sais plus ce que je dis ni ce que je fais. Je ne sais même pas si tu es là, je parle à quelqu'un qui te ressemble mais, toi, où es-tu ? Où es-tu ?

— Madame, calmez-vous, vos petits-enfants arrivent. On vous a dit qu'il y avait du progrès. Venez avec moi.

— Non, je n'ai rien à vous dire, je ne veux rien dire à un psy, je veux parler à un médecin.

Les cris s'éloignent. Ma mère, qui m'a élevée avec Dolto, Winnicott, Freud, qui se battait pour que mon frère soit suivi par un thérapeute, qui affrontait la mère de Philippe, mon père, ma nouvelle belle-mère, incultes selon ses dires, fermés à l'évolution de l'inconscient, vient de rabrouer le psy de l'hôpital.

Je l'admirais pour son courage, sa curiosité, sa persévérance. Je n'ai jamais compris comment elle avait pu se retrouver mariée à mon père, même si cela a peu duré. Fuir une famille conventionnelle, s'échapper par le mariage. Le divorce l'a ensuite libérée de tous. Elle s'est engagée, a milité. Elle a continué quand je suis arrivée dans sa vie, elle n'était jamais là, mais je ne lui en voulais pas.

Mon père et ma mère n'avaient rien en commun. Je traversais ces deux mondes opaques et taisais ce que j'y vivais. Ma mère ne posait jamais de questions sur l'autre partie de ma vie. Philippe fut une attache qu'elle toléra.

Toi, Alice, tu étais capable d'écouter et d'entendre comme personne ne le ferait plus. Ton attention est ce qui m'a le plus manqué au début. Ta disponibilité. Savoir que tu étais là, polarisée sur mon être. Un jour, cela s'est arrêté. Quand tu as eu du succès, quand ton père est mort, quand Philippe n'a plus été entre nous, la limite se niche au milieu de tous ces faits. Tu n'as pas cessé de m'aimer, j'ai cessé de t'intéresser. Et je t'ai haïe pour ça.

Et puis il y a eu Christian, il était jeune, talentueux, il t'a contactée au moment où tu as décidé de monter ta boîte, il aimait ce que tu faisais, vous vous êtes rencontrés puis associés. Nos discussions prenaient une autre tournure, désormais ton professionnalisme passait par le prisme de la vision de Christian. J'ai fini par te le reprocher.

— Je ne peux plus avoir d'opinion, Cécile, surtout si ce n'est pas la même que la tienne, as-tu dit.

— C'est faux, mais parfois j'ai l'impression d'entendre Christian, que ce n'est pas toi qui parles. Est-ce que tu t'en rends compte ? Vous avez une liaison ou quoi ?

— Je suis tout à fait lucide, et, oui, il y a quelque chose entre nous.

— Pourquoi tu ne m'en as pas parlé ?

— Tu ne supportes pas la place qu'il a prise dans ma vie. Je n'avais aucune envie de t'en parler.

— Je ne suis pas jalouse, mais tu me tiens à l'écart. C'est injuste.

— Ce n'est pas vrai, tu t'exclus toute seule. Tu es débordée, il n'y a plus que l'agence qui compte. Tu fais des choix étranges qui ne te ressemblent pas.

— C'est-à-dire ?

— La médiathèque, jamais tu n'aurais fait ça avant.

— Ça s'appelle des concessions, Alice, ça s'appelle être chef d'entreprise.

— Moi aussi, je le suis.

— Non, toi, tu es l'artiste, tu peux te permettre d'être radicale, moi non.

— Je ne te juge pas.

— D'accord, moi non plus, je ne te juge pas, si tu vis une histoire d'amour, je suis heureuse pour toi, mais je suis blessée que tu ne m'en aies pas parlé. Comment as-tu pu ?

Tu n'as pas répondu. Un fil s'était rompu. Christian restait omniprésent et tu refusais de partager jusqu'au récit de votre aventure.

Nous nous sommes moins vues. Nous en étions là quand ton père est tombé malade. J'avais toujours eu l'impression de faire partie de votre famille. Cette fois, je ne trouvais pas ma place entre ta mère et tes sœurs. Vous vous repliiez sur vous-mêmes. Tu n'avais pas besoin de moi. Je te manifestais mon affection dès que je le pouvais, mais tu y étais imperméable, tu ne voulais plus de moi à tes côtés. L'hôpital t'offrait des tête-à-tête avec ton père, tu en profitais. Il était très affaibli, je ne suis pas sûre que vous arriviez à communiquer. Je ne lui ai pas dit au revoir. Ton père a simplement disparu pour moi, et j'ai réalisé plus tard combien il avait compté. Je n'ai jamais su te le dire. Je sais que tu m'en as voulu. Le silence nous envahissait. Nous nous accrochions à un ancien schéma qui s'enlisait. Nous continuions à nous voir, mais le plus souvent en présence de nos maris, de nos enfants ou de nos amis. Nos coups de fil quotidiens s'espaçaient, sonnaient creux. Nous prenions rendez-vous. Je ne crois pas que nous l'avions jamais fait avant cela. Nous ne riions plus des mêmes choses. Pourtant nos vies ne parvenaient pas à se dénouer. Le fil était lâche, nous encombrait.

J'ai donc pris rendez-vous avec toi pour te voir. Je t'ai retrouvée à ton atelier, j'étais assise sur la chaise qui faisait face à ton bureau, attendant que tu sois prête quand mon portable a sonné. Une voix à l'accent sud-américain m'a demandé si Philippe Demours était bien mon frère. J'ai acquiescé. On avait trouvé mon nom et mon numéro dans les affaires qu'il avait laissées à l'hôtel où il travaillait. Il était mort noyé. « Mort. » « Noyé. » J'ai répété les mots, impuissante. Tu as blêmi devant moi et demandé qui était mort. On m'a informée que le corps venait d'être retrouvé, le décès datait de quelques jours, je devais prendre contact avec la police là-bas. J'ai fouillé dans mon sac, trouvé un stylo, noté ce qu'on me dictait. J'ai remercié mon interlocuteur avant de raccrocher. Tu me fixais, attendant que je réponde, mais tu avais compris. J'ai répété : « Il est mort. Noyé. » Cela n'avait pas encore de sens. Nous sommes demeurées muettes, l'une en face de l'autre. Puis tu t'es levée, tu t'es mise à trier fébrilement des papiers sur ton bureau, le fixe sonnait, tu laissais sonner, comme si le timbre insistant allait nous sortir de l'état d'hébétement dans lequel nous étions plongées. C'est finalement toi qui t'es ressaisie la première, tu as prévenu mon père. Il est entré dans l'atelier une demi-heure plus tard. Je ne l'avais pas vu depuis des mois. Il avait pris du poids, son visage était boursouflé et strié de couperose. Nous n'avons pas fait un geste vers lui, ni toi, ni moi. Il s'est effondré sur une chaise en face de nous, a pris son visage dans ses mains, pétrissant son front qui faisait des plis. Il répétait : « Ah le con, le con. » Nous nous sommes regardées et avons pouffé. Il a relevé la tête et a crié :

— Qu'est-ce qui vous prend ?

— C'est nerveux.

— Qu'est-ce qu'ils t'ont dit ? m'a-t-il demandé sans te jeter un regard.

J'ai été incapable de répondre, je lui ai tendu le papier sur lequel j'avais pris des notes.

Il me l'a arraché des mains, s'est assis devant le bureau de Christian et a composé un numéro. Nous évitions de nous regarder pour ne pas éclater de rire. Il a eu une conversation en espagnol. Quand il a raccroché, il a annoncé qu'il prenait le premier avion pour Caracas. J'ai protesté, déclaré que je partais aussi.

— Il n'en est pas question. Ça n'a rien d'un voyage plaisant, je vais faire ça seul.

— Tu ne peux pas m'empêcher d'y aller. Alice viendra avec nous.

Tu as hoché la tête.

— Mais qu'est-ce que tu veux à la fin, Cécile ? Tu ne tiendras pas le coup, tu veux aller identifier un corps décomposé que tu ne reconnaîtras pas ? a crié mon père.

— Qu'est-ce qui s'est passé ? as-tu demandé. Qu'est-ce qu'ils vous ont dit ?

Il n'a pas répondu.

— Dis-nous, ai-je insisté, on a le droit de savoir.

— Un accident imbécile, il est allé se baigner, la mer était dangereuse.

— Je n'y crois pas, as-tu dit, il l'avait décidé, il s'est suicidé. Il ne voulait pas mourir malade.

Mon père s'est mis à hurler :

— Tu te tais immédiatement, Alice. De quoi te mêles-tu ? De quoi t'es-tu toujours mêlée ? Je ne veux plus entendre ces conneries. J'ai autre chose à faire.

Il s'est levé.

— Cécile, viens avec moi.

Je ne l'ai pas suivi, il est sorti sans fermer la porte. Nous n'avions plus envie de rire. Nous n'avons pas pleuré non plus. Tu avais raison, Philippe allait mal, ses résultats n'étaient pas bons, j'avais voulu le rejoindre lors d'une hospitalisation de courte durée, il avait refusé, il ne voulait pas m'imposer ça.

Quelques jours plus tard, on a rapatrié son corps. On l'a enterré à Sollière, tu y es venue pour la dernière fois. Je t'ai demandé de dire quelques mots sur sa tombe, je m'en sentais incapable. Tu as refusé à cause de l'attitude de mon père mais, au dernier moment, avant que le cercueil descende dans la terre, tu t'es approchée, un livre dans la main. J'ai posé une main ferme sur le bras de mon père qui n'a pas bronché. Tu as lu d'une voix claire des vers de Rimbaud extraits d'*Une saison en enfer* :

> *À quatre heures du matin, l'été,*
> *Le sommeil d'amour dure encore.*
> *Sous les bocages s'évapore*
> *L'odeur du soir fêté.*

Je n'ai jamais su ce que Philippe avait fait juste avant, quelles avaient été les dernières minutes, les dernières heures de sa vie. J'aurais voulu voir le restaurant où il cuisinait, les gens qu'il côtoyait, la chambre où il s'est réveillé, la plage où il est descendu, le paysage qu'il a foulé. Je l'ai imaginé, avec toi, ce fut notre dernier fantasme commun. Je n'ai pas osé braver l'interdiction de mon père, aller là-bas, me confronter au réel. Mon père m'a volé les derniers instants de mon frère. Je n'ai pas eu le courage de me battre. Je les ai inventés.

Les images du passé s'accumulaient, saisissant Alice d'effroi. Désormais, l'activité de la ville envahissait tout, recouvrait ses pensées d'un bruit assourdissant et paralysant. Des portières claquaient, les moteurs donnaient l'assaut, les passants se hâtaient sur le trottoir, dans une bousculade sans fin. Dans le square, les bancs étaient envahis de mangeurs de sandwichs qui ne tarderaient pas à retourner au bureau et seraient remplacés par les promeneurs de l'après-midi. Alice aurait dû téléphoner, prévenir Christian qu'elle annulait le rendez-vous. Une journaliste devait les interviewer, faire leur portrait. Elle n'avait aucune excuse à fournir pour sa désertion, sinon qu'elle n'y tenait plus, se foutait de cet entretien. Le début du renoncement, jusqu'à ne plus rien sentir.

Il faisait anormalement chaud pour cette époque de l'année, la douceur de l'air à Paris la rendait nostalgique. Leur père, ces jours-là, allait chercher la voiture et les emmenait hors de la ville, sa mère, ses sœurs et elle. Les filles chantaient sur la banquette arrière ou se disputaient. Leur mère se fâchait, les menaçait d'un accident si elles ne se calmaient pas. Alice s'extrayait alors de sa famille, partait loin dans des rêveries, ne disait plus un mot jusqu'à destination. Leur père fumait des Gauloises, leur mère baissait la vitre en râlant, cela ne suffisait pas à dissiper le nuage de fumée qui les enveloppait. Ils allaient dans la forêt, pique-niquaient, escaladaient les rochers. D'autres fois, ils rendaient visite à des amis et passaient la journée autour de grandes tables dressées dans les jardins. Sur le chemin du retour, Salomé ou Nine s'endormaient contre Alice, elle tentait en vain de les repousser puis capitulait en s'appuyant sur elles à son tour. Alice veillait, les phares des voitures l'éblouissaient. Ils retrouvaient l'appartement plongé dans une semi-obscurité, les lumières de la rue venaient frapper les vitres, donnaient des reliefs incongrus à leurs meubles. Alice imaginait que des monstres avaient élu domicile en leur absence. Son père et sa mère portaient ses sœurs, allaient les mettre au lit tandis qu'elle leur tenait les portes. Alice téléphonait à Cécile avant de se coucher parce qu'une journée sans lui parler était inconcevable.

Après la mort de leur père, leur mère avait dû vendre l'appartement pour s'installer dans un deux-pièces. Ses filles étaient venues l'aider à trier ce que la famille avait emmagasiné pendant plus de quarante ans. Alice avait redouté ces instants, mais elles y avaient pris plaisir, redécouvrant des photos, relisant des documents, des lettres, exhumant des souvenirs négligés. Ses sœurs et elle s'étaient distribué les meubles, les bibelots, les tableaux, les livres que leur mère n'emportait pas. Elles n'avaient pas parlé de leur père, comme s'il était désormais impossible de le partager. La mort avait créé ça entre elles. Les déménageurs emportèrent le mobilier et les cartons. L'appartement résonnait. Elles en firent le tour, s'assirent par terre au milieu de leur ancien salon.

— Comment avons-nous pu vivre à cinq dans un si petit espace ? dit leur mère.

Elles sortirent, Alice donna un dernier tour de clé. Elles attendirent l'ascenseur sans rien ajouter. Ce fut tout. Alice considéra la cage d'escalier, les murs jaunis du HLM, tentant de faire surgir une image du passé. Rien ne vint, aucun émoi ne la secouait. Sans doute naîtrait-il quand elle ne s'y attendrait pas. La porte de l'appartement s'ouvrirait alors sur leur intérieur tel qu'il était, elle le convoquerait sans fin, la mémoire n'a pas de limites. Cette pensée la rasséréna.

Cécile n'avait pas partagé ces moments, elle était absente depuis la mort du père d'Alice, ou depuis celle de Philippe. Alice ne réagissait pas à cette défaillance, elle comptait sur le temps pour enjamber le fossé qui se créait entre elles. Elle oubliait Philippe, sa disparition était une idée abstraite. *Le sommeil d'amour dure encore.*

Cécile réapparaissait pour l'accabler de reproches au sujet de la Fondation. Alice ne se sentait pas concernée, elle voulait juste retrouver Cécile.

— Tu as laissé tomber le projet ? demanda Christian un matin. Pourquoi tu ne me l'as pas dit ? Cécile a proposé à Christine Bertin de travailler avec elle.

— Comment ça, de travailler avec elle ? répéta Alice. De prendre ma place ?

— Il me semble, dit Christian.

Alice alla voir Cécile.

— Pourquoi fais-tu ça en ce moment ? Quand on est vulnérables ? demanda-t-elle.

— Cela a commencé bien avant, répondit Cécile. Tu ne cautionnes plus ce que je fais à l'agence. Tu n'osais pas me le dire mais c'est ce que tu souhaitais, non ? Te débarrasser de ce projet encombrant ? J'ai fait ce que je pensais être le mieux pour nous deux. Tu pourras te consacrer entièrement à ta création.

— Tu comptais me le dire quand ?

— Bientôt. Je suis désolée que le bruit ait couru avant que je t'en aie parlé. Comprends-moi, tu as failli nous faire perdre un budget très important.

— C'est autre chose, tu le sais bien, dit Alice, tu m'en veux, je ne sais pas vraiment de quoi. D'avoir aimé Philippe, ou qu'il m'ait aimée ?

— Philippe n'a rien à voir avec tout ça. Arrête de chercher des causes là où il n'y en a pas. C'est toi qui traînais de la rancune, j'étais sa sœur, tu ne pouvais pas prendre ma place.

— Ne te sers pas de ça.

— Et puis tu m'as détestée de ne pas comprendre ton chagrin pour ton père.

— Pourquoi fais-tu ça, Cécile ? Pourquoi vas-tu si loin ? Jusqu'à travailler avec quelqu'un d'autre sur notre projet, jusqu'à me mépriser à ce point ?

— On ne pouvait plus continuer comme ça, il y a de telles zones d'ombre entre nous.

Elles se turent, dans l'inachevé, comme deux animaux en pleine course stoppant brutalement devant un obstacle infranchissable. Leur échange n'avait plus de sens et les fatiguait.

— On en reparlera.

Elles ne le firent pas. Elles ne retrouvèrent jamais les mots.

Un été passa sans Cécile, une rentrée sans elle, puis la vie. Elles tentèrent une ou deux fois de reprendre rendez-vous, mais l'amertume, l'ennui les submergeaient. Elles se cherchaient en étant l'une en face de l'autre, ne se trouvaient plus. Elles renoncèrent. Elles cessèrent toute relation. Puis ce déjeuner.

Alice n'y avait plus pensé mais, quand David la quitta, elle lui posa la question. Avait-il eu une double vie ? Il l'assura que non, elle le crut. « La vie n'est qu'une longue perte », écrivait Victor Hugo.

Alice apprit par des amis communs que le père de Cécile avait vendu Sollière. L'image de la maison vide l'obséda. Cécile, son père, sa belle-mère, Éric et les enfants avaient-ils eux aussi erré dans les pièces dépossédées ? Qu'avaient-ils ressenti ? Un camion avait dû venir prendre les derniers vestiges. Quand les lourdes portières avaient claqué, Cécile l'avait-elle regardé partir ? Avait-elle tenu à jeter un regard à l'imposante bâtisse ? Elle avait dû penser à Philippe. Mais avait-elle revu Alice, telle qu'elle était à Sollière, retrouvé leurs rires, leurs confidences, la sensation des jours de canicule, des torrents de pluie métamorphosant le jardin ? Avait-elle eu peur des revenants ? Entendit-elle Philippe ?

Il les appelle pour venir à table. Il ironise parce qu'il n'est que le messager de leur père et qu'il se fiche bien qu'elles viennent ou pas.

Cécile regarde les hommes soulever les cartons comme de vulgaires paquets, ils emportent tout. Le camion démarre. Les pneus dérapent sur le gravier. Cécile a toujours détesté cette allée. Elle n'a jamais réussi à imposer son idée, un chemin de plantes sauvages et désordonnées. Elle ferme les volets. Cette fois, elle prend garde de ne pas oublier le plus petit, celui de l'interstice de la cuisine qu'Alice et elle laissaient volontairement ouvert comme un pied de nez invisible adressé à Laurent. Elle ferme le portail à clé. Garde-t-elle une clé ou la rend-elle à son père ? Est-elle seule ? Ils n'échangent pas un mot. Sinon, ils se disputeraient. Cécile est la dernière à se mettre au volant de sa voiture, garée de l'autre côté de la grille. Elle va prendre la route. Peut-être est-elle avec un amoureux. Elle ne le laisse pas conduire, elle sait la route par cœur, elle aime voir la toiture disparaître dans le rétroviseur. Alice ne connaît pas la saison. Dans le sous-bois, en automne, les feuilles volent sur le pare-brise, se prennent dans les essuie-glaces. Des amants, une main sur le coude de Cécile. De la douceur au milieu du chaos. Cécile n'a pas besoin d'Alice. Elle est heureuse. Une dernière fois, le rétroviseur lui renvoie la toiture fendant les trois grands arbres centenaires, le clocher du village. L'image se fige. Peut-être ressent-elle un soulagement. Débarrassée d'un fardeau trop lourd.

Les jours qui suivront, quand Cécile foulera le bitume parisien, c'est la terre de Sollière qu'elle sentira sous ses pieds. Le soleil filtrera derrière les immeubles, mais Cécile verra la haie qui a poussé trop haut. Son père demande à Philippe de la tailler. Torse nu sous sa salopette, le sécateur à la main, il soupire, s'interrompt, se redresse, éponge la sueur sur son front de son avant-bras, il aperçoit Cécile, répond à son geste d'encouragement. Cécile se replonge dans son livre.

Les disparus surgissent quand on ne les attend pas et ne répondent pas quand on les espère. Alice perdit complètement son père. Les images de lui qui survenaient ne lui ressemblaient pas. Elles étaient effrayantes. Il était décharné, titubant. Alice lavait le corps maigre et frissonnant, la bouche se tordait, articulant des phrases incohérentes. Ou bien son père était figé comme sur un cliché, dans des postures artificielles. Désincarné. Après une année, il se manifesta parfois tel qu'elle voulait le revoir, tel qu'il lui manquait.

Philippe, lui, ne revint jamais, il se transforma en une vision du garçon qu'elle avait fantasmée. Il avait longtemps été loin, sa mort fit peu de différence, il laissait son empreinte dans la vie d'Alice, elle l'espérait. Ils se retrouveraient un jour, disait-il. La mort avait anéanti tout espoir.

Cécile était une disparue. Le fait qu'Alice puisse la croiser en chair et en os n'y changeait rien. Le plus difficile était la solitude. Elles avaient été deux. Le moindre détail du quotidien avait été partagé, le dîner des enfants, leurs projets professionnels, les rendez-vous chez le coiffeur, les gens qu'elles côtoyaient, les films qu'elles voyaient, les livres qu'elles lisaient, leurs relations avec leurs maris. Les pensées d'Alice se heurtaient désormais à l'écho. Peut-être le miroir grossissant, le reflet rassurant mais déformé qu'elles se tendaient l'une à l'autre, était-il nuisible ? Qui a besoin de se voir de si près ? Leurs images réfléchies devenaient obscènes, elles avaient tenté en vain de se ressembler puis elles avaient aspiré à la différence, à l'indépendance. Leur amitié ne s'en était pas remise.

Autour d'elles, on leur avait souvent reproché leur rapport fusionnel, l'adolescence était passée, il était jugé indécent. David était agacé, il voyait parfois en Cécile une amie abusive, une fausse sœur, intrusive et envahissante. Il avait aimé et apprécié Éric, mais cela n'avait pas tenu lors de la rupture entre leurs femmes.

Alice n'avait jamais parlé de Philippe avec David, ils ne s'étaient croisés qu'une fois, s'étaient simplement salués. Son amour pour Philippe était si évident qu'elle ne l'avait jamais évoqué, elle se demandait si David en avait été jaloux, si même il avait eu conscience de l'importance d'un autre homme. Elle avait tu son chagrin lors de la noyade, même ses sœurs n'en avaient pas mesuré l'impact. Si elle ne pouvait pas le partager avec Cécile, il était impossible de le faire avec d'autres.

Le téléphone d'Alice était en mode silencieux, elle n'avait pas répondu de la matinée. Elle vit clignoter le nom de Salomé et décrocha.

— Tu es à l'atelier ? demanda sa sœur.

— Non, au café.

— Je passe t'embrasser, je suis dans le coin.

— D'accord, je t'attends.

Sa sœur apparut quelques minutes plus tard sur un Vélib'. Elle était aussi grande qu'Alice, plus mince, les cheveux longs, bouclés et clairs comme elle, comme leur mère. Elles se ressemblaient alors que Nine était le portrait de leur père. Salomé ne se maquillait pas, portait tous les jours un jean et des baskets. Alice trouvait qu'il était dangereux de circuler à vélo, elle avait tenté de dissuader sa sœur.

— Qu'est-ce que tu fabriques là en plein après-midi ? dit Salomé en l'embrassant.

— Je me sens dans le flou, dit Alice.

— Comment vas-tu ?

— Je ne sais pas, mal je suppose. Je suis avec David depuis plus de vingt ans, je n'arrive pas à me souvenir d'une vie sans lui.

— Tu as eu une vie sans lui, j'en suis témoin, dit Salomé.

Sa sœur arracha le magazine des mains d'Alice, l'ouvrit sur une page au hasard.

— C'est bientôt l'anniversaire de Cécile, dit Salomé.

Alice ne répondit pas.

— Tu ne penses jamais que tu pourrais l'appeler ?

Alice secoua la tête.

— Tu n'y penses même plus. Pourquoi est-ce que moi j'y pense ? C'est étrange, cette disparition de nos vies, nous l'avons subie, pas vraiment comprise.

— Est-ce si important ?

— Je ne sais pas, dit Salomé. Tu crois que Cécile se souvient de nous parfois ?

— Elle me hait maintenant.

— Je suis sceptique, qu'est-ce que la haine après ce que vous avez vécu ? Ce qui survit n'a pas de nom.

Salomé but son café d'une traite et annonça qu'elle devait y aller.

— Fais attention, lui cria Alice en la regardant enfourcher sa bicyclette et disparaître au coin de la rue.

Alice mesura à quel point elle était devenue une personne inquiète. Une sirène de pompiers l'alertait, elle se retenait pour ne pas appeler ses enfants. Elle redoutait les affrontements, refusait de se disputer avec ses sœurs ou sa mère. Tout était vacillant. À la moindre menace, la terre s'ouvrirait.

Leurs ancêtres avaient survécu à des guerres, des génocides. Leurs parents s'étaient rencontrés et accrochés l'un à l'autre dans un seul but : fonder une famille. Alice ne les avait jamais vus se disputer ni même se chamailler, comment avaient-ils réussi cet exploit ? Ne pas succomber aux attaques du quotidien comme la plupart des couples. Est-ce que leur génération avait failli de trop vouloir ? Est-ce qu'ils avaient perdu de vue l'essentiel ? Leurs parents avaient rêvé d'une maison mais ils n'avaient jamais pu se l'offrir, le petit appartement parisien sur le métro aérien avait été leur foyer. Sollière portait l'histoire d'une famille, avait abrité plusieurs générations mais, sous ces fondations inébranlables, les êtres se détruisaient. Les étés se répétaient, immuables, pourtant tout basculait à chaque seconde.

David et elle avaient parlé d'acheter une maison à leur tour, encore un projet qui resterait inabouti. Il ne s'agissait que de murs. Avait-on besoin de planter ses racines, de les ancrer quelque part ?

David était resté longtemps chez un ami qui lui prêtait une chambre avant de prendre un appartement. Elle ne s'était pas effondrée, avait survécu. Elle existait sans lui comme elle existait sans Cécile.

Lorsqu'elle planchait aux côtés de Christian, que les lignes dessinaient un objet sous ses doigts, quelque chose d'elle s'exprimait.

Elle planifiait ses journées, les vacances, la vie des enfants, elle avait toujours planifié, comme si elle pouvait contenir les choses à sa convenance. Alice ne croyait pas au coup de foudre, elle avait choisi Cécile, elle avait choisi David, elle avait élu Philippe comme objet de fantasme qu'elle pouvait contrôler à sa guise. Quand elle avait rencontré Christian, ils avaient été amants, elle avait décidé de quelle manière, avait empêché la passion, avait prévu la fin.

— Vous en voulez ? avait demandé l'un des copains de Philippe dans la cabane du jardin.

Cécile et Alice les avaient rejoints dans la pièce obscure, bravant l'odeur de renfermé et la sensation d'être prises au piège. Elles s'étaient assises dans un angle, près du corps allongé de Philippe qui ne les avait sans doute pas remarquées. On leur tendit une seringue qu'elles n'avaient plus qu'à s'enfoncer dans les veines. Cécile fit un mouvement vers le garçon, Alice s'interposa.

— Non, dit-elle. Merci.

Le garçon n'insista pas, planta l'aiguille dans le bras d'une fille aux cheveux teints au henné. Alice ne regardait pas la scène mais la main de Philippe enfouie dans la culotte de la fille dont les jambes l'encerclaient. Elle retint un haut-le-cœur.

— Je n'en peux plus, on s'en va, dit Cécile, il est défoncé, il ne sait même pas qu'on est là. Bientôt il va la baiser devant nous.

— Tu crois qu'il peut encore ? dit Alice.

Elle se laissa entraîner par Cécile mais, jusqu'à ce que la porte se referme, guetta un signe de Philippe.

Elles coururent s'enfermer dans le grenier où elles n'allaient plus, mirent un disque de Patti Smith. Alice se laissait hypnotiser par le saphir qui gravitait sur les sillons, *We Three*, chantait la voix gutturale, elles se serrèrent l'une contre l'autre, conscientes d'éprouver la même chose.

Alice songea à sa faculté de rester sans bouger pendant des heures, enfermée à l'intérieur d'elle-même, incapable de s'en extraire. Elle avait considéré cela comme une force, s'en méfiait désormais. L'heure de la sortie de l'école approchait, elle n'allait pas se tenir devant les mamans, les nounous achetant le goûter des enfants, faire face au chahut qui avait ponctué sa vie.

Rien ne l'attendait dans le grand appartement.

Un ami du père de Cécile, un peintre coté, donnait une réception. Pourquoi y avait-elle accompagné Cécile et Laurent ?

— Un endroit incroyable, dit Cécile, il faut que tu voies ça.

L'appartement tout en verrières dominait la Seine. Alice ne connaissait personne, Laurent l'avait à peine présentée. Cécile la poussait devant les invités.

On demandait à Cécile si elle avait repris l'agence familiale, elle répondait brièvement, dissuadant ses interlocuteurs de poursuivre.

— Et votre fils, que fait-il maintenant ? demanda un homme.

— Mon fils n'a jamais rien fait, dit Laurent, je crois qu'il n'a rien dans le crâne.

Ce fut dit.

Alice attendait. C'était le moment. Cécile allait lancer son verre de champagne à la figure de son père, l'humilier publiquement, l'accuser, hurler. Mais rien ne se passa. Alice n'entendait plus les conversations, continuait de fixer Cécile dont les gestes s'étaient ralentis, elle portait son verre à ses lèvres, buvait une gorgée, repoussait ses cheveux en arrière. Le moment ne reviendrait pas. Alice mit un canapé au saumon dans sa bouche et le recracha dans une serviette. Elle sortit de la pièce, tituba dans le couloir. Près d'une large baie vitrée, elle vit un téléphone, l'immeuble se reflétait dans l'eau, les arbres se penchaient, elle se sentit happée. Elle se serait défenestrée, aurait fendu la vitre. Le ressac. Elle décrocha le téléphone et appela son père. Il était une heure du matin, ce fut sa mère qui répondit.

— Maman, je suis désolée, mais est-ce que papa peut venir me chercher ?

— Où es-tu ?

Elle entendit sa mère réveiller son père, elle entendit « Bien sûr », raccrocha. Elle ne chercha pas Cécile, alla directement prendre son manteau et quitta la réception sans que personne ne la voie. Dans la rue, la Seine semblait inoffensive, calme, pas le moindre souffle d'air. Elle s'assit sur une borne et attendit. C'était un accord de famille, son père avait dit : « Quels que soient l'heure, le moment ou l'endroit, si vous avez besoin, vous m'appelez, je viendrai vous chercher. »

Salomé et Nine l'avaient pris au mot, en avaient largement profité, l'appelaient au milieu de la nuit pour qu'il vienne, testant les limites de son soutien, les repoussant sans cesse. Alice sortait avec Cécile ou des amoureux, elle n'avait jamais eu besoin de son père.

Elle sauta sur ses pieds quand la voiture se gara devant elle, se précipita. Elle se sentit immédiatement en sécurité. Son père ne dit rien. Il ne parlait pas le premier. Ils roulaient le long des berges. Elle entrouvrit la fenêtre, huma le parfum de la nuit.

— C'est joli, dit-elle.

— Tu as l'air d'aller, dit son père.

— Oui, ça va. Merci d'être venu.

— C'était un bel immeuble.

— Oui, et tu verrais l'appartement.

Elle soupira.

— Est-ce que parfois tu as eu honte de notre HLM ? demanda-t-il.

— Non, pourquoi ? Je ne suis pas comme ça.

Elle songea à toutes les fois où elle avait menti sur son adresse pour que de nouvelles connaissances ne voient pas l'endroit où elle habitait.

— Pourvu que ça dure, dit-il.

Faisait-il référence à ce qu'était Alice, ou à une durée plus philosophique ? Cela sonnait comme un vœu, une prière.

Ils entrèrent dans Paris, traversèrent la Seine. Alice frissonna et remonta la vitre.

Alice, je repense à ce déjeuner, à ce qui subsistait entre nous, ou plutôt à ce qui ne survivait pas, j'essaye de comprendre ce que je ressentais ce jour-là. Je n'ai pas supporté ton attitude proche du mépris. J'aurais préféré l'indifférence. David n'a jamais eu de double vie, David t'aime, tu l'as gardé comme je n'ai pas su garder Éric. Les mots sont sortis tout seuls, une fable pour toi, une dernière histoire que je te racontais.

J'ai fui Éric à la mort de Philippe, peut-être ai-je fui tout court. Il fallait que tout change ou je n'aurais pas survécu. On a rompu silencieusement, sans heurts, d'un « commun accord », dit-on. La colère d'Éric a jailli plus tard. J'ai rencontré un homme dont j'étais très amoureuse, je croyais n'avoir jamais aimé avant lui. C'est arrivé parce que Philippe n'était plus là, parce que je ne voyais plus mon père. Aujourd'hui, c'est Éric qui se tient à mes côtés, cet homme n'est pas là. Parce qu'il est le seul à savoir que ce n'était pas un accident, parce qu'il a peur.

T'aimer me rendait légère, meilleure.

Il y a dix ans, tu étais accourue à l'hôpital, ma mère t'avait appelée, paniquée, elle était en voyage, ne pouvait rentrer que le lendemain. Éric se réfugiait auprès des enfants. Je n'étais pas allée à l'agence ce matin-là. La veille, j'étais tombée sur un numéro de téléphone avec un prénom : Isabelle. Je ne sais pas pourquoi, je me suis mise à fouiller, une intuition. J'ai trouvé des notes de fleuristes, de chambres d'hôtels dans des lieux où il n'était pas censé être allé. J'ai attendu qu'il rentre, je lui ai demandé qui était Isabelle, il s'est assis en face de moi. Je la connaissais, c'était une femme avec qui nous avions dîné, oui il avait eu une aventure, mais c'était fini, ça ne comptait pas, il était désolé. L'aveu avait quelque chose de désarmant, je suis sortie sans cris, sans hystérie, j'ai dit que je ne rentrerais pas dormir, qu'il s'occupe des enfants, je t'ai appelée, tu as couru pour me rejoindre, tu m'as prise dans tes bras, tu n'as rien dit et j'ai pleuré. On est allées dormir chez Salomé, on a même ri. J'ai fini par m'endormir. Je me suis réveillée dans la nuit, j'ai eu la vision d'Isabelle et de lui, l'un sur l'autre, le visage d'Éric entre ses jambes et ses mains sur ses seins ronds. Je vous ai laissées dormir. Je suis rentrée chez moi, il m'attendait avec un visage de petit garçon coupable. « Je ne veux pas de ta culpabilité, va travailler. »

Je suis allée à la salle de bains, j'ai pris une douche en évitant de regarder mon corps de crevette, « sa crevette », disait Éric. Il est entré. J'ai attrapé une serviette et hurlé : « Sors de là, sors. Ne me regarde pas. »

Il m'a obéi, j'ai enfilé un grand pull, un jean, et j'ai foncé dans le salon, il était debout adossé à la table de l'entrée, ses clés à la main, je l'ai frappé au visage, je ne pouvais plus arrêter de le frapper, il m'a saisi les deux bras, je me débattais, il criait : « Tu es folle, tu es folle. »

Il m'a immobilisée, puis il est sorti en claquant la porte. Je me suis laissée glisser par terre. Les enfants étaient à l'école, le téléphone a sonné dans le vide, longtemps, insistant, c'était toi, je le devinais, j'ai pris les cachets que je trouvais, je les ai avalés, puis j'ai ouvert une bonne bouteille de vin, j'ai mis les Stones à fond, j'ai dansé. Je ne voulais pas mourir, je voulais danser comme Philippe, chanter comme Mick Jagger.

Please allow me to introduce myself
I'm a man of wealth and taste
I've been around for a long, long year
Stole many a man's soul and faith

Ensuite, je ne sais plus. Les Rolling Stones m'ont sauvée, je crois. La gardienne s'est inquiétée du bruit assommant et inhabituel, qui succédait aux cris qu'elle avait entendus quelques heures plus tôt. Elle a frappé à la porte, a fini par utiliser sa clé et m'a trouvée inanimée.

Quand j'ai rouvert les yeux, tu me tournais le dos, solide. Je pouvais m'appuyer sur toi. Tu ne flanchais pas. Tu m'as aidée à aller aux toilettes, tu m'as remise au lit.

J'ai demandé qu'on n'en parle pas à mon père, tu as dit : « Comme tu veux. »

Le jour où je suis sortie de l'hôpital, ma mère nous a emmenées déjeuner au Balzar, rue des Écoles, elle nous a raconté Mai 68, les pavés, les barricades, on l'a imaginée menue et forte parmi les manifestants, ne lâchant jamais prise. Quand tous s'étaient dispersés, elle s'était foulé la cheville, mon père était arrivé au volant d'une voiture blanche, il s'était arrêté, l'avait ramassée et raccompagnée. Elle trouvait qu'il ressemblait à Alain Delon. Elle détestait Alain Delon mais avait accepté de le revoir parce qu'il avait eu l'air impressionné par son engagement. Cela lui avait plu, elle avait succombé par orgueil. Après ça, ce fut une succession d'erreurs et de malentendus. Elle avait choqué sa future belle-famille en disant qu'elle était militante trotskiste. Elle était tombée enceinte, il n'avait pas voulu qu'elle avorte. Il l'avait épousée. Je devais ma naissance au refus de mon père, à son obstination. J'étais son plus beau cadeau, a-t-elle dit en me caressant la main, je sentais ses ongles longs me chatouiller la paume comme lorsque j'étais petite. Je réalisais peu à peu à quoi j'avais échappé, je pensais à mes enfants et mesurais l'horreur à laquelle j'avais failli les confronter. Ma mère avait quitté mon père après ma naissance.

Tu lui as demandé si elle avait connu la mère de Philippe, elle l'avait vue une fois. Je n'étais pas encore née. Elle et mon père étaient venus chercher Philippe pour l'emmener au zoo. Elle était restée sur le seuil, avait aperçu une jeune femme blonde, longue et mince, allongée sur un transat. Quand mon père avait appuyé sur la sonnette, la femme ne s'était pas levée, elle leur avait fait signe d'entrer.

Elle ne semblait pas les voir, regardait ailleurs. Je savais que tu repensais aux absences de Philippe, à son insolence. Je pensais à mon père qui ressemblait à Alain Delon. Aujourd'hui il a perdu ses cheveux, pris du ventre, s'est adouci. C'est un homme vieillissant qui ne veut pas affronter ce qui le ronge. J'ai essayé. La psychanalyse a échoué, l'amour a échoué. Même le nôtre. Cela m'a terrassée. Philippe croyait aux vies antérieures. Si nous nous sommes reconnues, en restera-t-il quelque chose ? Une trace. Je ne pouvais plus être celle que tu aimais. Nos amours nous encombraient, nous pesaient.

Sans ce penchant pour une personne
L'être aimé
Sans les ailes que ça vous donne
D'être aimé
On reste au ras des pâquerettes

J'écoutais Alain Souchon quand j'ai mis le contact, pris l'autoroute. J'ai appuyé sur l'accélérateur, je n'ai plus levé le pied. J'ai vu l'ombre et la lumière sur le pylône. J'ai tourné le volant, foncé dedans. Ce n'était pas un accident.

Mais, avant le néant, j'ai autre chose à te dire.

Alice prit son iPhone, remit le son, consulta ses mails, effaça les spams machinalement. Elle s'apprêtait à supprimer un expéditeur inconnu, mais le début du message l'intrigua, l'objet était : *Alice, c'est Éric*. Elle cliqua sur le message.

Alice, impossible de te joindre au téléphone, peux-tu croire que nous ne possédons plus ton numéro ? J'aurais besoin de te joindre d'urgence, peux-tu m'appeler ? C'est important. Éric.

Et il laissait ses coordonnées. Alice n'avait pas vu Éric depuis des années. Elle le regrettait même s'il y avait quelque chose d'inéluctable dans le fait de ne plus le voir. Elle lui en avait voulu de ne pas avoir essayé de la joindre. Il savait mieux que personne combien Alice aimait Cécile. Il n'avait pas cherché à comprendre, il avait renoncé, il avait coupé court comme l'avait fait Madeleine, ils l'avaient effacée. L'amour s'évapore.

Éric essayait-il de la joindre pour des raisons professionnelles ? Ou bien avait-il appris pour David et elle ? Était-il avide d'informations croustillantes ? Alice hésitait à le rappeler.

Elle tournait les pages du magazine sans les voir, le refermait, le rouvrait, griffonnait sur les visages. Elle se décida finalement, composa le numéro. Elle tomba sur le répondeur. La voix placide d'Éric. Elle raccrocha sans avoir pu prononcer un mot.

Les voix s'oubliaient-elles ? Celle de son père pouvait surgir n'importe quand, celle de Philippe s'éteignait mais elle se souvenait précisément de la façon un peu brusque dont il se déplaçait. Elle recomposa le numéro, cette fois Éric décrocha.

— Bonjour, c'est Alice.

— Bonjour, merci de me rappeler.

Un homme bien élevé parlant à une inconnue.

— Cécile a eu un accident, elle est à l'hôpital, dans le coma, j'ai pensé que tu voudrais le savoir.

Qu'elle voudrait le savoir. Cela résonna étrangement. Alice ne sut pas quoi dire. Il donna des détails.

— Un accident de voiture, elle a percuté un pylône, puis elle est tombée dans le coma, on ne sait rien, elle est à la Pitié-Salpêtrière. Bâtiment C, 3e étage, chambre 7. Tu peux y aller si tu veux, on suppose qu'elle peut entendre.

Alice balbutia « Merci », « Au revoir », demanda l'addition, se leva enfin. Elle se mit à marcher au hasard, chercha un autobus, s'engouffra dans la bouche de métro. Au milieu du quai, elle n'avait aucune idée de la direction à prendre, elle revint sur ses pas, consulta le plan, monta dans une rame. Dans un tunnel, elle vit que David l'avait appelée. Dix-sept appels en absence. Un message.

— Il faut que je te parle. Décroche, s'il te plaît. C'est urgent.

Depuis des semaines, elle ne décrochait plus, ils communiquaient par textos ou par mails, elle n'avait pas envie de lui parler. Elle avait d'abord espéré qu'il la harcèlerait de coups de fil, la supplierait de revenir sur sa décision, il ne pourrait pas vivre sans elle. Les mots n'étaient pas venus. Elle avait tenu la posture. Ils ne pouvaient pas revenir en arrière. Il s'acharnait, elle finit par répondre.

— Enfin ! dit-il.

— Qu'est-ce qu'il y a ?

On croyait mettre de la distance, le temps nettoierait les impuretés et ils en ressortiraient tout neufs. C'était une erreur. Ils restaient les mêmes, à peine se connectaient-ils que les vieux mécanismes se remettaient en marche. Le matin même, ils se comportaient comme deux étrangers dans l'appartement. Au téléphone, le langage conjugal, direct, quotidien et sans affect reprenait le dessus. Le temps ne lui rendrait pas sa virginité, quels que soient les jours qu'ils mettraient entre eux.

— Je viens d'avoir Éric, dit David.

— Pourquoi t'a-t-il appelé toi ?

— Je ne sais pas. Peut-être parce qu'il n'arrivait pas à te joindre. Tu y vas ?

— Oui, je suis dans le métro.

— Je dois te dire quelque chose avant que tu ailles là-bas. Peux-tu me rappeler quand tu seras sortie du métro ?

— Ce n'est pas la peine, dis-le-moi maintenant.

— Je préfère que tu me rappelles quand tu seras tranquille.

— Je ne serai pas tranquille, David, je vais à l'hôpital voir Cécile qui est dans le coma, si tu veux me parler, fais-le, sinon raccroche.

— D'abord, je veux que tu saches que je t'aime, que je tiens à toi et à la famille que nous formons.

C'étaient de bonnes raisons pour se quitter, se dit-elle.

— Je tiens à ce que nous sommes, tous les deux, à notre histoire, quelle que soit son issue, insista-t-il comme si elle avait parlé tout haut.

Cela l'énerva.

— Où veux-tu en venir ?

Elle arrivait à la station, elle se fraya un chemin sur le quai, prit un escalator. Ils avaient négligé leur couple, disait-il, ils avaient fait passer la famille, le travail avant. Sans doute tout cela était-il vrai.

— J'ai fait une chose impardonnable, continua-t-il.

Elle arriva à l'air libre, inspira, on étouffait dans le métro parisien. Elle avançait sur le trottoir, longeait les bâtiments de l'hôpital. La respiration de David dans le téléphone était perceptible. Insupportable.

— Je t'écoute, David, dit-elle.

Le bâtiment C était à l'autre bout de l'enceinte de l'hôpital. Elle gardait le téléphone collé à l'oreille, il lui répondit par un souffle, elle changea son sac de main, elle commençait à avoir une crampe.

— Est-ce que tu peux te poser quelque part un instant ? J'ai l'impression que tu cours. Où es-tu ?

— Je suis dans l'hôpital, je marche, je n'ai pas l'intention de m'asseoir.

— S'il te plaît, dit-il.

Elle alla se poster en équilibre sur la première balustrade qu'elle vit. Une position inconfortable, la barre lui sciait les fesses.

— Ça y est, je suis assise. Dépêche-toi.

— Je ne sais pas comment te dire ça, mais il faut que tu le saches maintenant. Je pensais t'en préserver parce que ce n'était qu'un égarement, un moment de folie que je pourrais t'expliquer, mais je ne peux plus t'en préserver. Ce qui est fait…

— De quoi parles-tu ? Ce n'est pas fini avec cette fille ? Tu m'as menti ? C'était important ?

Ce *rien* qui avait tout foutu en l'air.

— Non, je t'ai dit la vérité.

— Tu as rencontré quelqu'un d'autre ? Tu as raison, ce n'est vraiment pas le moment, pourquoi fais-tu ça ?

Une ambulance stoppa devant elle, deux infirmiers sortaient un brancard de l'entrée du bâtiment B, un corps manié avec précaution comme un cercueil.

— Cette fille, Alice, ce jour-là, qui m'attendait à l'hôtel, ce n'était pas n'importe qui, c'était Cécile.

La barre en métal lui meurtrissait les cuisses, elle changea de position, manqua de tomber à la renverse, agrippa le métal, une pression douloureuse.

— Elle m'a appelé un jour, elle voulait me parler de toi, elle en avait besoin, on s'est vus. Une fois. Je ne sais pas ce qui s'est passé, ce qui nous a pris. Mais c'était de toi qu'il s'agissait, pas de nous. Je n'ai jamais été attiré par Cécile, tu le sais, pas plus qu'elle par moi. Il n'était question que de toi, Alice. Et pour moi, et pour elle. Je sais que tu ne pourras jamais l'entendre. Je donnerais tout pour réparer.

Les jointures de ses doigts blanchissaient, à force de serrer. David n'arrêtait plus de parler. Une force mystérieuse maintenait le portable à son oreille, elle laissait le flot de paroles l'envahir, l'entraîner. Sur le brancard, la personne était recouverte d'un drap blanc, elle entrevit un visage sans âge et sans sexe, un bras inerte retombait le long du corps, une perfusion suivait. Ils le hissèrent dans l'ambulance, refermèrent la porte, la voiture démarra. Une fumée noire s'échappa du pot d'échappement, la fit tousser.

— S'il te plaît, ne raccroche pas. Dis quelque chose, je ne pouvais pas te laisser aller la voir sans que tu le saches, tu m'en aurais voulu. Peut-être ne veux-tu pas la voir ? À quoi bon ? Nous, il faut qu'on se parle, les textos, les mails, ce n'est plus possible. Alice ? Alice ? Tu es là ?

Un son indescriptible sortit de sa gorge, ce n'était pas un cri, ni une plainte. Elle lâcha prise, le portable s'écrasa sur le sol tandis qu'elle se remettait debout.

— Madame ? dit une voix près d'elle. Votre iPhone. Il est cassé ?

Elle le piétina avec rage.

— Maintenant, il l'est, dit-elle.

Elle ne reconnut pas sa propre voix, ne vit pas à qui elle s'adressait, elle reprit sa route jusqu'au bâtiment C.

— Que fais-tu là, Alice ? entendit-elle.

Madeleine, assise sur un banc, lisait *Libération*. Une pause, une détente qu'elle ne lui connaissait pas. Aucune effusion. Comme si elles n'avaient jamais cessé de se voir.

— Tu portes les cheveux très longs, dit Madeleine. C'est Éric qui t'a prévenue ? Je ne sais pas si je l'aurais fait. Tu montes la voir ?

La voir. Alice tenta d'anticiper l'image. Cécile dans le coma, le visage pâle. Figée comme dans la mort. Les ongles faits, les cheveux propres. Le duvet sur la lèvre aurait-il repoussé ? Les poils noirs sur les bras que Cécile détestait. Ou ceux dépassant des narines. La chambre puerait la pisse, mais continuait-on à pisser quand on était dans le coma ? Est-ce qu'on la lavait ? Serait-elle répugnante ? Le ventre lisse serait-il flasque ? L'était-il contre celui de David ? L'avait-il comparée à Alice, il l'avait forcément fait. C'était vrai, elle était entre eux. Dans quelle position l'avaient-ils fait ?

Alice restait debout, ne répondait pas. Madeleine ne semblait pas s'en rendre compte. Dans un état d'agitation extrême, elle fouillait dans son sac, finit par trouver un paquet de Marlboro, extirpa de sa poche un fume-cigarette, le mit entre ses lèvres, se remit à fouiller, trouva un briquet, alluma la cigarette. Alice l'avait vue faire des centaines de fois, elle adorait ce rituel, la voix rauque, l'exagération quand Madeleine tirait sur le fume-cigarette, la théâtralité comme adressée à un spectateur invisible. La bouche était mince, des plis amers couraient autour de ses lèvres, le cou était ridé, d'immenses cernes noirs encerclaient les yeux secs. Madeleine avait vieilli. Elle ne la regardait plus, fumait. Alice la laissa et entra dans l'hôpital, prit l'ascenseur, appuya sur le bouton. Éric était là quand les portes se rouvrirent. Ils s'embrassèrent.

— Elle est seule, tu peux y aller, je serai en bas, dit-il.

Elle hésita devant la porte de la chambre 7. Un panneau indiquait des règles strictes, il fallait enfiler une blouse, mettre des chaussons et un masque, le tout était à disposition sur un présentoir. Alice commença à s'équiper. Un bruit de machine, de biper parvenait de la porte entrouverte. Elle vit d'abord le drap blanc, pensa ne pas aller plus loin. Elle resta interdite, à fixer les contours d'un pied sous le tissu. Elle entra finalement d'un pas vif, heurta une tablette. Elle s'approcha du lit, s'assit. Cécile était branchée à une machine, un tuyau dans la bouche, la poitrine se soulevait, elle n'avait pas imaginé ça, l'appareil, le bruit, les paupières closes. Cécile avait toujours eu une apparence angélique quand elle dormait. Alice examina la pièce. Depuis combien de temps cela durait-il ? Aucun indice. Une neutralité glaciale. Elle revint sur Cécile, inspira longuement. Fallait-il dire ou faire quelque chose ?

— Cécile, réussit-elle à articuler.

Elle fixa les mains, cherchant à les reconnaître, le visage, de nouveau et poussa un cri. Cécile avait les yeux ouverts et la regardait. Alice cria encore. Les paupières se rabaissèrent.

— Qu'est-ce qui se passe, madame ? demanda une infirmière.

— Elle a ouvert les yeux.

— Comment ?

L'infirmière soupira, la pria de sortir.

— Qu'est-ce qu'il y a ?
Éric et Madeleine remontaient.
— Elle m'a regardée, dit Alice.
Ils se précipitèrent.

Alice redescendit, quitta le bâtiment C, l'hôpital, s'éloigna, elle ne sentait pas les larmes couler, ne voyait pas les traces sombres maculant ses joues. Son pied heurta un trottoir, elle perdit l'équilibre, se rattrapa, se tint immobile. Dans quelques instants, elle trouverait la force de marcher jusqu'à la station. Elle rentrerait chez elle, un endroit fidèle qui ressemblait à celle qu'elle avait toujours été. Elle se calmerait. Ce n'était rien. Le temps passait. Rien. Un débordement d'amour.